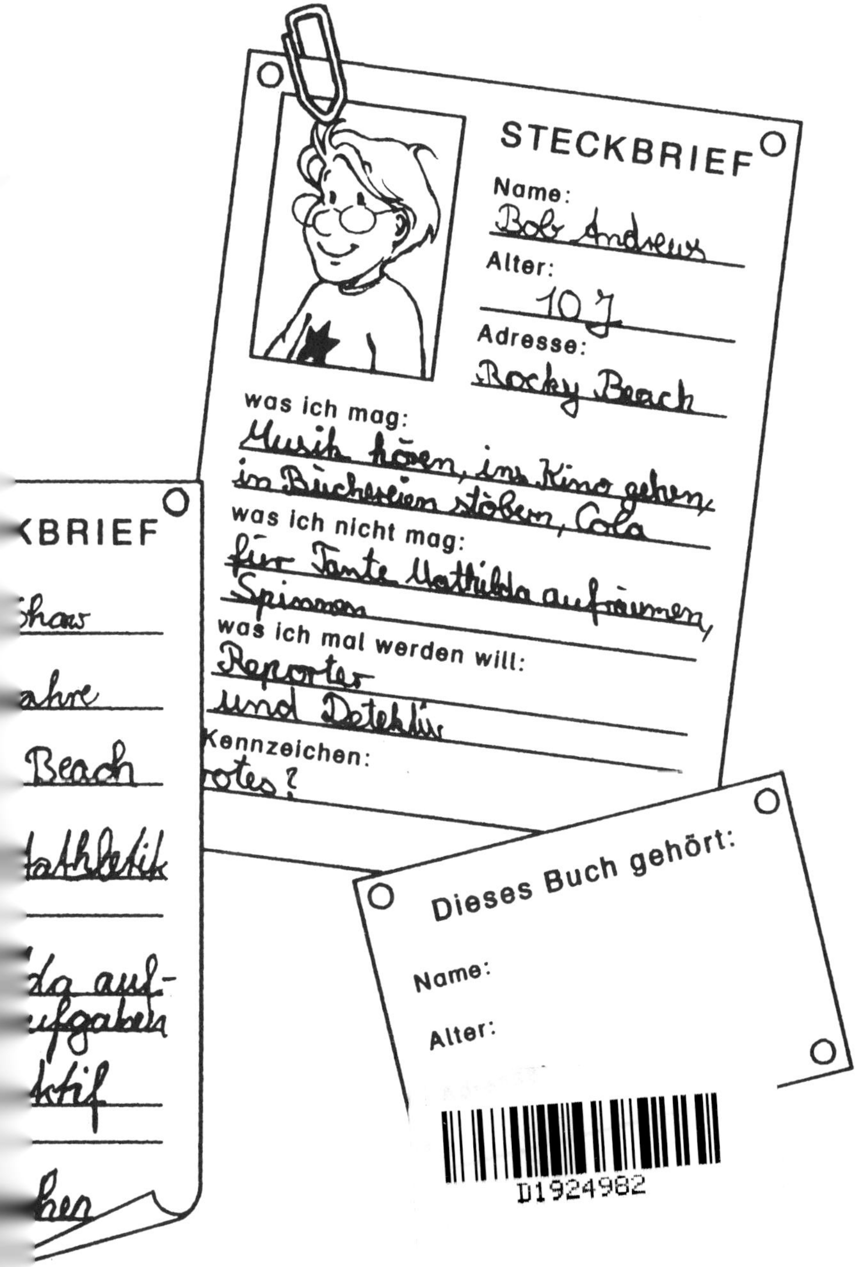
STECKBRIEF
Name:
Bob Andrews
Alter:
10 J.
Adresse:
Rocky Beach
was ich mag:
Musik hören, ins Kino gehen, in Büchereien stöbern, Cola
was ich nicht mag:
für Tante Mathilda aufräumen, Spinnen
was ich mal werden will:
Reporter und Detektiv
Kennzeichen:
KBRIEF
Shaw
ahre
Beach
Dieses Buch gehört:
Name:
Alter:
D1924982

Die drei ???® Kids

Band 20

Die Schmugglerinsel

Erzählt von Ulf Blanck

Mit Illustrationen von Imke Staats

KOSMOS

Umschlagillustrationen von Stefanie Wegner und Timo Müller, Hamburg, www.zeichenstube.net
Innenillustrationen von Imke Staats, Hamburg

»Die Schmugglerinsel« ist der 20. Band der Reihe
»Die drei ???® Kids«, siehe auch S. 128.

Dieses Buch folgt den Regeln der neuen deutschen Rechtschreibung.

Bibliografische Information der Deutschen Bibliothek
Die Deutsche Bibliothek verzeichnet diese Publikation in der Deutschen Nationalbibliografie; detaillierte bibliografische Daten sind im Internet über http://dnb.ddb.de abrufbar.

ISBN 3-440-09948-2
Redaktion: Julia Röhlig
Grundlayout: Friedhelm Steinen-Broo, eStudio Calamar
Gesamtherstellung: Buch & Konzept, Annegret Wehland, München
Printed in the Czech Republic / Imprimé en République tchèque

Die drei ???® Kids
»Die Schmugglerinsel«

Überraschungsfrühstück

Es war schon neun Uhr und Justus Jonas schlief noch tief und fest in seinem weichen Bett. Durch das offene Fenster wehte ein warmer Luftzug vom nahen Pazifik ins Zimmer. Leise raschelnd bewegte sich die dünne Gardine im Wind. Plötzlich flatterte etwas Großes, Weißes heran und landete direkt auf der Fensterbank. Erschrocken riss Justus die Augen auf und starrte auf eine riesige Seemöwe. Neugierig betrachtete der Vogel den Jungen und legte den Kopf zur Seite. ›Träume ich noch?‹, fragte sich Justus, doch vorsichtshalber griff er mit einer Hand langsam nach seinen Hausschuhen. In diesem Moment klingelte es an der Haustür und die Möwe erhob sich kreischend in die Luft.

»Hallo? Ist niemand zu Hause?«, hörte Justus

von unten den Postboten rufen. »Ich habe hier ein Einschreiben und jemand muss mir ein Autogramm geben!« Verschlafen trottete Justus die Treppe hinunter. »Warten Sie, ich komme schon! Es ist ja noch mitten in der Nacht.«

»Mitten in der Nacht?«, lachte der Briefträger, als ihm die Tür geöffnet wurde. »Es ist schon neun Uhr. Müsstest du nicht längst in der Schule sein?«

»Nein, die ist für drei Tage wegen einer Reparatur geschlossen. Wasserrohrbruch.«

»Na, so ein Glück hatten wir damals nicht. Ist dein Onkel nicht da?« Justus schüttelte den Kopf. »Er und Tante Mathilda wollten ganz früh auf den Wochenmarkt fahren. Onkel Titus muss ihr einmal in der Woche beim Tragen helfen. Aber ich kann das auch unterschreiben.«

»Okay, aber vergiss nicht, es deinem Onkel auch zu geben – sonst bekomme ich Ärger auf dem Postamt. Scheint ein wichtiger Brief zu sein. Notare aus Rocky Beach.«

Anschließend nahm Justus dem neugierigen

Postboten den Brief aus der Hand und marschierte damit in die Küche. Für ihn gab es am Morgen Wichtigeres: Frühstück.

Erst nachdem er einen Marmeladentoast verdrückt hatte, warf Justus einen Blick auf den geheimnisvollen Brief. ›Notariat Morris, Stanley & Chandler‹ stand als Absender am oberen Rand. Mit einem großen Glas Milch und zwei weiteren Toasts setzte er sich in den Schaukelstuhl auf die Veranda. Es schien wieder einmal ein sonniger Tag zu werden, aber das war nichts Ungewöhnliches in Kalifornien. Justus lehnte sich gemütlich zurück und ließ seinen Blick über den Schrottplatz vor dem Haus schweifen. »Es sollte viel öfter Wasserrohrbrüche geben«, dachte er laut.

Die riesige Seemöwe saß jetzt auf dem Zaun am Eingangstor und blickte zu ihm herüber. »Glaub bloß nicht, dass ich dir was abgebe«, lachte Justus mit vollem Mund. »Flieg zum Meer und fang dir ein paar Fische!« Wieder erhob sich der Vogel kreischend. Doch diesmal flüchtete er nicht vor dem

Postboten, sondern vor zwei Jungs, die auf ihren Rädern um die Ecke bogen. Es waren Peter Shaw und Bob Andrews.

»He, Just«, grinste Peter. »Bist du immer noch am Frühstücken?«

»Du bist gut, ich habe gerade erst angefangen. Im Kühlschrank liegt noch eine halbe Kirschtorte. Was ist, habt ihr auch Hunger?« Zur Torte von Tante Mathilda konnte niemand Nein sagen. Sie backte die beste in ganz Rocky Beach und Bob stopfte sich kurz darauf ein großes Stück in den Mund. »Und was machen wir jetzt die ganze Zeit? Wir können doch nicht drei Tage lang Kirschtorte essen?«

»Ach, irgendwas wird uns schon einfallen«, entgegnete Peter. »Wir könnten ja mal unsere Kaffeekanne aufräumen.« Die Kaffeekanne war das Geheimversteck der drei ???, dem jüngsten Detektivteam der Welt. Justus war nicht gerade begeistert von dem Vorschlag. »Also, Aufräumen klingt überhaupt nicht spannend. Was sollen wir mit einer sauberen Detektivzentrale ohne Fall? Ein anständiger Einbruch, Geldfälscher, Taschendiebe, Trickbetrüger – so etwas brauchen wir.«

»Oder Schmuggler«, ergänzte Bob und nahm noch ein Stück Kirschtorte.

»Schmuggler?«, grinste Peter. »Das hört sich ja eher nach Seeräubergeschichten an. Ich würde mal sagen, die sind längst ausgestorben.«

Alle drei lachten vergnügt und bemerkten gar nicht, dass Onkel Titus und Tante Mathilda mit dem alten Pick-up auf den Hof fuhren.

»Nun guck dir das an, Titus!«, rief Justus' Tante. »Kaum fällt die Schule aus, haben die drei keine bessere Idee, als mir den Kuchen wegzuessen. Ihr solltet euch lieber im Haus nützlich machen!« Ihr Mann besänftigte sie. »Ach, Mathilda. Ich hätte es damals genauso gemacht. So ein Wasserrohrbruch will gefeiert sein.«

»Na, du bist den Jungs ja ein tolles Vorbild. Was soll aus denen mal werden? Das Geld kommt schließlich nicht einfach mit der Post ins Haus.«

Jetzt fiel es Justus plötzlich wieder ein. »Oh, fast hätte ich es vergessen. Da ist ein Brief gekommen. Ein Einschreiben. Wartet, ich bin gleich wieder da.« Hastig rannte er in die Küche und kam mit dem Umschlag zurück auf die Veranda.

Verwundert betrachtete Onkel Titus den Brief. »Notare ... Was wollen die denn von mir?«, grübelte er und nahm seine Brille ab. »Bestimmt nichts Gutes.«

Dann öffnete er das versiegelte Kuvert mit dem verschmierten Kuchenmesser.

»Und? Nun sag schon, Titus!« Tante Mathilda zupfte sich aufgeregt am Kleid.

»Also, wenn ich das richtig verstehe, dann ... dann habe ich ... geerbt!«

Millionenerbe

»Geerbt?«, wiederholte seine Frau und ließ sich auf einen Stuhl fallen.

»Ja, hier steht, ich soll in die Kanzlei kommen und dort wird mir dann das Testament eröffnet.« Justus stellte sein Milchglas ab. »Ich versteh gar nichts. Was wird eröffnet?«

»Also, man wird mir dort mitteilen, was ich von wem geerbt habe – so einfach ist das. Jemand hat anscheinend vor seinem Tod ein Testament gemacht und mich zum Erben bestimmt. Ich wüsste aber gar nicht, wer kürzlich gestorben ist. Sehr seltsam.«

Mit offenem Mund starrte Tante Mathilda auf das Schreiben. »Und ... und was machen wir jetzt?«.

»Na, was wohl?« Justus sprang auf und wischte sich die Hände an der Hose ab. »Wir setzen uns alle ins Auto, fahren zu diesem Morris, Stanley & Chandler und holen uns die Millionen ab.«

»Oder ein Schloss«, jubelte Bob. »Vielleicht aber

auch eine ganze Fabrik, Disneyland oder eine Fluggesellschaft.« Onkel Titus setzte sich wieder seine Brille auf. »Nun mal ganz langsam. In meiner Familie hatte niemand viel Geld. Das kann eigentlich nur ein Missverständnis sein. Aber Justus hat Recht. Ich werde mich sofort auf den Weg machen.«

Kaum hatte er den Satz ausgesprochen, sprangen die drei Freunde auf, rannten die Stufen der Veranda hinunter und drängten sich auf den Vordersitz des Pick-up.

Jetzt fand auch Tante Mathilda die Sprache wieder. »Stopp, stopp, stopp! Das ist nichts für kleine Jungs. Ihr bleibt schön hier!« Doch ihr Mann hatte ein Einsehen. »Ach, nun lass sie doch, Mathilda. Und vielleicht brauch ich die drei ja noch zum Geldtragen«, grinste er.

»Na schön. Aber dass ihr euch anständig bei den Notaren benehmt! Das Ganze ist wahrscheinlich nur ein Scherz. Ich bleibe hier und bereite das Mittagessen vor. Ich werde gleich für alle kochen. Also kommt nicht zu spät zurück!«

Kurz darauf fuhren sie gemeinsam vom Grundstück und bogen auf die Küstenstraße ein. Am Himmel hatten sich einige Wolken gebildet und der aufkommende Wind wirbelte den Straßenstaub auf. Die Kanzlei der Notare lag genau im Zentrum von Rocky Beach. Justus verfolgte konzentriert die Hausnummern der Jefferson Street. »Hier, das muss es sein. Das Haus mit den beiden großen Glastüren.« Die Kanzlei von Morris, Stanley & Chandler lag im ersten Stock.

»Guten Morgen, was kann ich für Sie tun?«, wurden sie von einer freundlichen Dame begrüßt.

Bevor Titus Jonas antworten konnte, platzte Justus dazwischen. »Mein Onkel hat geerbt und möchte das Testament öffnen. Ich bin Justus Jonas, das ist mein Onkel und die beiden heißen Peter Shaw und Bob Andrews.« Etwas peinlich berührt schob sich Onkel Titus vor seinen Neffen. »Entschuldigen Sie, ich möchte die Herren Morris, Stanley & Chandler sprechen. Ich erhielt dieses Schreiben.« Die Dame lächelte und führte sie zu einem Büro am Ende des Ganges. Ein älterer Herr mit Nickelbrille und Vollbart saß hinter einem schweren Schreibtisch aus Marmor. »Mister Chandler, hier sind die Herren Jonas, Shaw und Andrews in der Erbschaftsangelegenheit.« Der Notar schob eine Akte beiseite und gab jedem die Hand. »Willkommen, Mister Jonas, ich habe Sie erwartet. Bitte nehmen Sie Platz! Darf ich Ihnen etwas zu Trinken anbieten?« Onkel Titus lehnte dankend ab, doch die drei ??? nickten freudig. Kurz darauf hatte jeder eine Cola vor sich stehen.

»Also, ich denke, ich kann vor den drei jungen Herren offen mit Ihnen sprechen?«

»Die haben mein vollstes Vertrauen«, lachte Onkel Titus.

»Schön. Es hat uns viel Mühe gekostet, Sie ausfindig zu machen. Seit gut einem Jahr haben befreundete Anwälte aus Paris versucht, mit Ihnen Kontakt aufzunehmen. Nun ist es uns endlich gelungen. Es handelt sich um Ihren verstorbenen Großonkel Pierre Balduin Bruel. Mein Beileid.« Erstaunt kratzte sich Onkel Titus am Kinn. »Äh, der Name sagt mir nichts. Ich wusste gar nicht, dass ich einen Großonkel habe, geschweige denn, was das überhaupt ist.«

»Er ist der Bruder der Mutter Ihres Vaters«, erklärte der Notar Onkel Titus. Die drei ??? sahen sich verwirrt an. Auch Onkel Titus schien nicht so recht zu begreifen. »Die Mutter meines Großvaters und davon der Onkel?«

»Nun ja, so ähnlich. Ich will es kurz machen. Bruel war Franzose, hat Mitte des letzten Jahrhunderts vier Jahre in Kalifornien verbracht und ist im letzten Jahr in Paris verstorben. Sie sind sein einziger lebender Nachfahre und somit Alleinerbe.« Bob konnte sich kaum noch auf dem Stuhl halten. »Sag ich doch – ein Schloss in Frankreich!«

Dann öffnete der Notar feierlich einen Umschlag und erhob sich. »Nun, hiermit übergebe ich Ihnen, Mister Jonas, die vollständige Auflistung der Vermögensgegenstände von Pierre Balduin Bruel. Es handelt sich nur um eine Sache. Sie haben eine Insel geerbt.«

Magic Island

»Eine Insel?« Onkel Titus rutschte fast die Brille von der Nase.

»Ja, und zwar direkt vor unserer Küste. Es ist ein Eiland von knapp zwei Quadratkilometern. Pierre Balduin Bruel soll seinerzeit dort versucht haben, Austern zu züchten. Meine Herren, das war's auch schon. Alle weiteren Einzelheiten wird Ihnen meine Sekretärin erläutern.«

Sie verabschiedeten sich und Onkel Titus unterhielt sich noch eine Weile mit der freundlichen Dame am Empfang. Eine halbe Stunde später fuhren sie wieder die Küstenstraße entlang.

Tante Mathilda schlug sich an die Stirn, als ihr von der seltsamen Erbschaft berichtet wurde. »Eine Insel? Was wollen wir denn mit einer Insel? Da draußen gibt es doch nur Möwen, Wind und Wellen.« Ihr Mann war sich auch nicht ganz sicher, was er davon halten sollte. »Tja, viel kann man dort nicht anstellen. Die Insel darf weder bebaut noch anderweitig genutzt werden. Sie steht unter Naturschutz.« Doch Justus war anderer Meinung. »Natürlich kann man mit einer Insel etwas anfangen. Vielleicht gibt es dort wilde Tiere, Seeräuberhöhlen oder vergrabene Schätze!«

»Oder Menschenfresser«, lachte Bob. »Das müssen wir uns sofort angucken!« Obwohl es ein Scherz war, konnte sich Peter nicht für die Idee begeistern. »Ich weiß nicht. Wie sollen wir da überhaupt hinkommen?«

Justus rannte auf sein Zimmer und kam mit einer Landkarte zurück. »Hier, seht ihr? Das ist der gesamte Küstenstreifen vor Rocky Beach. So viele Inseln gibt es hier nicht. Hat die eigentlich einen Namen?« Onkel Titus blätterte in den Unterlagen. »Warte, ja, hier steht's: Magic Island.«

Schnell war die kleine Insel auf der Karte gefunden. Sie lag keine vier Meilen vor der Küste.

»Die magische Insel?«, wiederholte Bob begeistert. »Seht ihr, das klingt nach Abenteuer. Worauf warten wir noch?« Onkel Titus und Tante Mathilda wussten, dass sie die drei nicht aufhalten konnten. »Na schön, dann seht euch die Insel eben mal an. Aber nur unter zwei Bedingungen: Erstens, Onkel Titus begleitet euch, und zweitens, erst wird zu Mittag gegessen. Ich steh doch nicht umsonst in der Küche.« Mit dem zweiten Vorschlag waren die drei ??? auf jeden Fall einverstanden.

Eine Stunde später stiegen sie mit vollen Bäuchen wieder in den Pick-up von Onkel Titus.

»Und macht mir keine Dummheiten!«, rief ihnen Tante Mathilda hinterher.

Der Wind hatte mittlerweile weiter zugenommen und wehte salzige Meeresluft über die trockene Küstenlandschaft. An einer Kreuzung bog Onkel Titus ab und fuhr direkt zum kleinen Fischereihafen von Rocky Beach. »Ich denke, wir werden schon irgendeinen Fischer finden, der uns für ein paar Dollar zur Insel fährt. Bei dem Wind ist mir das mit meinem Angelboot zu schaukelig.« Onkel Titus besaß ein kleines Motorboot, mit dem er ab und zu zum Angeln hinausfuhr.

Über dem Hafengelände flogen aufgeregte Möwen in der Luft und kreischten gegen den Wind an. Mit lautem Getöse schlugen große Wellen gegen die Kaimauer. Justus deutete auf ein kleines Gebäude zwischen den vielen Wellblechschuppen. »Wir sollten im Büro des Hafenmeisters fragen. Vielleicht kennt der einen Fischer, der uns nach Magic Island bringen kann.«

Im Büro saß Ernesto Porto und klopfte gerade mit seiner Pfeife auf das Barometer. »Oha, das wird heute noch ganz schön windig werden«, grummelte er vor sich hin. Als die drei ??? von ihrem Anliegen berichteten, trat er mit ihnen vor das Büro und zeigte auf ein Fischerboot am Ende des Piers. »Da hinten liegt das Schiff vom alten Dexter. Der fährt jeden Nachmittag zur Insel, um nach dem Leuchtturm zu sehen. Ist ein kleiner Nebenverdienst für ihn. Eigentlich ist er schon zu alt fürs Fischen. Fragt ihn einfach, für ein paar Dollar nimmt er euch bestimmt mit.«

Der alte Dexter war gerade damit beschäftigt,

dreckige Fischkisten mit einem Wasserschlauch zu reinigen. Bob hielt sich die Nase zu, als ihm der Geruch entgegenwehte.

»So, ihr wollt auf die Insel? Ihr habt Glück – in ein paar Minuten hätte ich die Leinen losgemacht. Ich muss heute meinen Kontrollgang auf dem Leuchtturm machen. Sicher ist sicher, denn am Himmel braut sich was zusammen. Macht zwei Dollar für die Überfahrt – pro Nase.«

Der alte Fischer schien recht geschäftstüchtig zu sein. Die drei ??? willigten ein. Nur Onkel Titus schien sich bei der Sache nicht ganz wohl zu fühlen. »Sie sagen, es kann Sturm geben?«

»Nicht gerade Sturm, aber eine gute Mütze voll Wind wird das schon werden. Das sagt mir meine juckende Narbe am Fuß. Vor zwanzig Jahren hat mir da ein Hai reingebissen. Verdammte Biester. Also, wie sieht's aus? Können wir in See stechen?« Ohne zu zögern, sprangen die drei ??? an Bord.

»Was ist mit dir, Onkel Titus?«, lachte Justus.

»Also, wenn ich ehrlich bin, würde ich lieber an Land bleiben. Bei dem Geschaukel auf den Wellen dreht sich mir der Magen um. Schon beim Gedanken daran werde ich seekrank.« Dann wandte sich Onkel Titus an den alten Fischer. »Dexter, werden Sie mir die Jungs wieder heil abliefern?« Der Seemann war fast beleidigt. »Natürlich! Was denken Sie denn? Ich fahre schon ein halbes Jahrhundert zur See. Nein, nein, da brauchen Sie keine Angst zu haben. Die Bengel kriegen Schwimmwesten verpasst und dann kann nichts passieren. Jetzt müssen wir aber los.«

Onkel Titus winkte den drei Detektiven hinterher, bis er sie an der Hafeneinfahrt aus den Augen verlor. Was Tante Mathilda wohl dazu sagen würde, wenn sie wüsste, dass er die drei alleine ziehen ließ? In etwa drei Stunden sollten sie zurück sein, solange wollte er im Pick-up ein Nickerchen machen.

Zu diesem Zeitpunkt konnte er noch nicht ahnen, dass Justus, Peter und Bob sehr viel länger auf der Insel bleiben würden.

Robinsons Dschungel

»Dann mal volle Kraft voraus!«, brüllte Kapitän Dexter gegen den Wind an und packte mit beiden Händen das Steuerrad. Als die ersten Wellen über die Bordwand spritzten, gingen die drei schnell hinter dem Ruderhaus in Deckung.

»Das passt mir gut«, lachte Justus. »Ich habe heute Morgen noch gar nicht geduscht.« Peter hingegen schaute argwöhnisch über das brausende Meer und zog seine Schwimmweste fester zu. »Hoffentlich wird mir nicht schlecht. Die Kirschtorte von Tante Mathilda will ich lieber nicht mehr wieder sehen.« Eine Schar hungriger Möwen verfolgte das Fischerboot hinaus auf den Pazifik. Immer wieder wurde die Sonne von den vorbeijagenden Wolken verdeckt.

Nach einer halben Stunde erblickte Bob als Erster die kleine Insel mit dem Leuchtturm. »Land in Sicht! Land Steuerbord voraus. Da haut es doch den Klabautermann aus den Gummistiefeln, wir haben einen neuen Kontinent entdeckt. Ich taufe ihn hiermit Bobland!«

Wenig später erreichten sie das Eiland. Kapitän Dexter nahm Fahrt weg und beugte seinen Kopf aus dem Ruderhaus. »Seht ihr den kleinen Holzsteg hinter dem Felsen? Dort werden wir festmachen. Einer von euch springt rüber, die anderen beiden werfen ihm die Festmacher zu.«

»Was sind denn Festmacher?«, rief Justus ahnungslos zurück.

»Ach, ihr seid ja Landratten. Das sind die langen Taue da vorne. Und jetzt beeilt euch, bei dem Wind muss das alles blitzschnell gehen!«

Mit einem großen Satz sprang Peter auf den

hölzernen Steg, fing die Taue auf und wickelte sie um zwei dicke Holzpfosten. Den Rest übernahm der Kapitän selbst. »So, in einer Stunde legen wir wieder ab. Ich werde jetzt die Glühlampe im Leuchtturm wechseln und von dort aus eine Meldung an die Küstenstation funken. Entweder ihr guckt mir dabei zu, oder ihr seht euch die Insel an.« Die drei Detektive entschieden sich für die Insel.

»Und vergesst nicht: keine Minute länger. Wenn der Wind weiter aufbrist, werden die Wellen das Schiff vom Steg losreißen.«

Neugierig machten sich Justus, Peter und Bob auf den Weg ins Inselinnere. Hinter einem schmalen Sandstreifen begann ein dichter Wald aus hohen Sträuchern, Palmen und Kletterpflanzen. »Das ist ja wie im Dschungel«, bemerkte Bob erstaunt. Aus der Tiefe des Dickichts drangen seltsame Vogelschreie. Immer weiter wagten sie sich vor. Peter nahm einen langen Ast und schlug sich den Weg durch das Gestrüpp frei. »Da hat Onkel Titus ja eine tolle Insel geerbt. Kein Wunder, dass der Balduin hier nicht bleiben wollte. Wie kann man sich nur so eine Insel kaufen?«

Bob wischte mit dem T-Shirt das angetrocknete Salzwasser von seiner Brille. »Vielleicht wollte er ein bisschen Robinson Crusoe spielen. Ihr wisst schon, verschollen auf einer einsamen Insel. Stellt euch vor, wir müssten hier die nächsten Jahre verbringen.« Peter fand das überhaupt nicht lustig. »Hör auf damit. Ich bin froh, wenn wir gleich zurück auf dem Schiff sind. Außerdem fängt in zwei Tagen die Schule wieder an.«

Unter dem dichten Blätterdach spürte man kaum den starken Wind, der über die Insel wehte. Plötzlich blieb Justus vor einem dicken Baumstamm stehen. »Seht euch das mal an! Die Ersten sind wir jedenfalls nicht auf Magic Island.«

In der Rinde waren sonderbare Zeichen eingeritzt. »Das stammt nicht vom alten Balduin. Diese Schnitzereien sind noch ganz frisch. Merkwürdig.«

Sie fanden noch mehr dieser rätselhaften Zeichen an den Bäumen. »Vielleicht sind das Weg-

markierungen«, vermutete Bob. »Doch wohin führen die?«

Peter sah sich nervös um. »Oder es sind Warnhinweise. Wer weiß, was sich auf der Insel alles rumtreibt.« Vorsichtig stocherte er mit dem langen Ast im Unterholz. »Also, ich würde am liebsten umdrehen. Nachher gibt es hier noch Schlangen oder andere Ekelviecher.« Seine beiden Freunde verließ auch allmählich der Mut und sie willigten ein.

»Gut, kehren wir um«, entschied Justus. »Da hat Onkel Titus nicht gerade den Hauptgewinn gezogen mit der Erbschaft. Außerdem ist die Stunde bald vorbei. Los, wir müssen uns beeilen!«

Doch schon bald stellte sich heraus, dass es gar nicht so einfach war, den richtigen Weg zu finden. Kopfschüttelnd betrachtete Bob eine der Schnitzereien. »Mist, genau hier waren wir vor fünf Minuten schon einmal. Ich glaube, wir sind im Kreis gelaufen. Schnell, weiter!«

Immer lauter rauschte der Wind durch das Blätterdach. Hastig rannten die drei durch den Dschungel und stolperten über Wurzeln und Zweige.

»Verdammt, wir kommen zu spät!«, keuchte Peter.

Als sie nach einer halben Stunde immer noch nicht den richtigen Weg gefunden hatten, setzten sie sich erschöpft auf einen umgestürzten Baumstamm.

»So kommen wir nicht weiter.« Justus war am Ende seiner Kräfte. Plötzlich mischte sich unter das Gekreische der Vögel ein lautes Geräusch aus der Ferne. Bob hielt den Zeigefinger an die Lippen. »Still! Hört ihr das? Es klingt wie ein Schiffshorn. Natürlich, Kapitän Dexter gibt uns Zeichen.«

Sturmschaden

So schnell sie konnten, folgten die drei dem Signalhorn des Fischerboots. Zweige peitschten ihnen ins Gesicht.

»Los, beeilt euch! Das kommt aus dieser Richtung.« Peter hatte schon längst seinen Ast weggeworfen. Endlich erreichten sie wieder den Strand. Feiner Sand wurde vom Sturm aufgewirbelt und jagte in kleinen Wolken über das Wasser. Doch als sie den Holzsteg erreichten, machten sie eine schreckliche Entdeckung.

»Oh nein, das Boot ist verschwunden. Dexter ist ohne uns abgehauen!« Fassungslos starrte Bob auf das offene Meer. Hohe Wellen schlugen krachend gegen den Steg und ließen ihn erzittern. »Wartet, seht ihr das? Da draußen schwimmt die Lucky Lady. Ja, ich kann sogar Dexter erkennen. Er scheint uns zu winken. Was soll das? Wieso hat er nicht auf uns gewartet?«

Justus wusste die Antwort. »Werft mal einen

Blick auf den Steg. Das Schiff hätte sich bei dem Wellengang garantiert losgerissen und wäre an den Felsen zerschellt. Ich denke, der Kapitän hatte gar keine andere Wahl. Aber es ist merkwürdig, er zeigt die ganze Zeit in eine bestimmte Richtung. Ich verstehe das nicht.«

Diesmal fand Peter die Antwort. »Ich hab's! Dexter zeigt auf den Leuchtturm. Wahrscheinlich sollen wir da hingehen. Ja, natürlich, im Turm muss ein Funkgerät sein.« Bob sah ihn verwundert an. »Und wie kommst du darauf?«

»Erinnert ihr euch nicht? Dexter hat doch vorhin erzählt, dass er vom Leuchtturm aus einen Funkspruch an die Küstenstation rausschicken will. Also, los!«

Aufgeregt winkten sie dem Kapitän zu und rannten die Steinstufen zum Leuchtturm hinauf. Von der Lucky Lady hörte man mehrere kurze Signaltöne.

»Wir scheinen das Richtige zu tun«, schnaufte Justus. Die schmale Eisentür am Eingang war nicht verschlossen und nacheinander stiegen die drei ??? die Wendeltreppe im Innern des Turms hoch. Oben befand sich ein kleiner runder Raum. In der Mitte stand die gläserne Leuchtanlage.

Peter begann hektisch mit der Suche. »Hier irgendwo muss sich die Funkanlage befinden. Da! Das muss sie sein.« Ohne zu zögern, lief er zu einem kleinen angeschraubten Kasten an der Wand und legte einige Schalter um. »Mein Vater hat so einen altmodischen Apparat im Keller stehen. Zum Glück hat er mir mal gezeigt, wie so etwas funktioniert.«

Plötzlich hörten sie ein leises Rauschen aus dem Lautsprecher. Peter nahm das Mikrofon in die Hand. »Hallo, hier spricht Peter Shaw. Kann mich jemand hören? Hallo?« Nichts geschah. Nervös drehte Peter an einem kleinen Knopf. »Vielleicht ist es der falsche Funkkanal. Hallo? Hört mich jemand?« Dann endlich bekam er eine Antwort. »Hier spricht die Lucky Lady – Kapitän Dexter. Seid ihr es, Jungs?«

»Ja, hier sind Peter, Justus und Bob.«

»Gut, dann hört mir genau zu. Ich musste die Leinen losmachen, sonst wäre die Lucky Lady an die Felsen gedrückt worden. Der Sturm ist zu stark, um euch an Bord zu nehmen.«

Fassungslos nahm jetzt Bob das Mikrofon in die Hand. »Was heißt das? Sollen wir etwa auf der Insel bleiben?«

»Ja, das ist das Sicherste. Ich werde in den Hafen zurückfahren und eurem Onkel Bescheid sagen. Dann sehen wir weiter. Ihr wartet am besten auf dem Leuchtturm. Im Schrank findet ihr warme Decken und etwas zu Essen. Wir bleiben in Funkkontakt. Ende.« Bob sah seine beiden Freunde entgeistert an. »Was? Der lässt uns hier auf der Insel zurück? Dexter ist wohl nicht ganz dicht. Der kann doch nicht einfach ohne uns abhauen!«

Währenddessen öffnete Justus den kleinen Stahlschrank an der Wand. »Ich denke, er hatte keine andere Möglichkeit. Ansonsten wäre das Schiff bei dem Wellengang kaputt gegangen und wir säßen alle auf der Insel fest. Seht mal, hier sind Kekse und ein paar Dosen mit Corned Beef. Na, wenigstens werden wir nicht verhungern. Sobald

der Sturm nachlässt, wird uns schon jemand abholen.«

Regen peitschte jetzt gegen die Glasfenster des Leuchtturms und eine dicke Seemöwe ließ sich auf dem Fensterbrett nieder. Für einen Augenblick schien es Justus, als würde sie ihn auslachen.

Den drei Detektiven blieb nichts anderes übrig, als es sich im Turm so gut es ging bequem zu machen. Nach einer Stunde krächzte es wieder aus dem Lautsprecher des Funkgeräts. »Hallo, Justus, Peter, Bob! Hört ihr mich? Hier ist Onkel Titus. Meldet euch!« Sofort sprangen die drei auf und rannten zum Mikrofon. »Hallo, hier ist Justus. Onkel Titus, könnt ihr uns abholen?«

»So wie es aussieht, müssen wir leider abwarten. Der Wellengang ist zu hoch, um an der Insel anzulegen. Das Risiko können wir nicht eingehen. Die Eltern von Bob und Peter habe ich informiert – Tante Mathilda hat mir am Telefon fast den Kopf abgerissen. Es tut mir Leid, ihr müsst so lange bleiben, bis sich der Sturm gelegt hat.«

»Okay, so schlimm wird es schon nicht werden. Wir sitzen hier warm und trocken. Macht euch keine Sorgen.«

»Gut. Ich bleibe hier im Hafen und melde mich von Zeit zu Zeit aus dem Büro von Ernesto Porto. Diese verdammte Erbschaft ist an allem schuld.«

Peter wollte nicht glauben, was er eben gehört hatte. »Soll das etwa bedeuten, dass wir im schlimmsten Fall hier übernachten müssen?«

Justus blickte nachdenklich aufs tosende Meer und knetete mit Daumen und Zeigefinger seine Unterlippe. »Ich befürchte sogar, das *wird* es bedeuten.«

Allein unter Palmen

Auch am Spätnachmittag ließ der Sturm kein bisschen nach. Hungrig machten sich die drei über die Kekse her und aßen sie zusammen mit dem Corned Beef aus der Dose.

»Schmeckt eigentlich gar nicht schlecht«, grinste Bob und nahm einen Schluck Wasser. Sie hatten einen Eimer nach draußen gestellt, der nach kurzer Zeit mit Regenwasser gefüllt war. »So muss sich auch Robinson Crusoe gefühlt haben. Keine Menschenseele weit und breit. Nur wir, die Insel und das Meer.«

»Gab es in der Geschichte nicht auch Menschenfresser?«, fragte Peter leise.

»Natürlich«, lachte Bob. »Die haben schon zum Frühstück eine ganze Fußballmannschaft verdrückt.«

Doch so richtig zum Lachen war niemandem mehr zumute.

Erst gegen Abend ließ der Wind ein wenig

nach, doch auf dem Meer tobten immer noch riesige Wellen. Zeitweise war der kleine Holzsteg unter den tosenden Wassermassen kaum noch zu erkennen. Ein Schiff hätte keine Chance gehabt, daran festzumachen. Allmählich wurde den drei Freunden klar, dass sie sich auf eine Nacht im Leuchtturm einstellen mussten. Regelmäßig hielten sie Funkkontakt zu Onkel Titus. Schließlich bestätigten sich ihre Befürchtungen.

»Hallo, hier ist noch mal Onkel Titus. Wir haben jetzt den letzten Wetterbericht bekommen. Das Tiefdruckgebiet zieht zwar allmählich vorüber, doch es wäre immer noch zu riskant, ein Boot zu euch rauszuschicken. Es bleibt euch nichts anderes übrig, als bis morgen früh abzuwarten. Ich mache es mir im Pick-up gemütlich und melde mich, sobald es etwas Neues gibt.«

Justus kratzte mit einem Keks die Reste aus einer Dose mit Corned Beef. »Da haben wir den Salat. Hier zu übernachten macht mir nichts aus. Ich habe ein ganz anderes Problem.«

»Was für ein Problem?«, erschrak Peter.

»Ich habe Hunger.« Allein der Gedanke, bis zum nächsten Tag nichts mehr zu essen, ließ Justus' Magen laut aufgrummeln. In diesem Moment riss die Wolkendecke auf und die Abendsonne bahnte sich den Weg durch die trübe Luft.

»Na bitte«, lachte Bob. »Tun wir einfach so, als würden wir Ferien auf einer karibischen Insel machen. Andere Leute bezahlen einen Haufen Geld für so was. Kommt, wir gehen an den Strand!«

Unten angekommen zogen sie ihre Schuhe aus und liefen zum Wasser. Schnell hatte der warme Wind den feinen Sand wieder getrocknet. Nach etwa hundert Metern versperrten einige Felsen den Weg. Dahinter lag ein großer Tümpel, der von den einbrechenden Wellen immer wieder mit Wasser gefüllt wurde.

»He, seht mal!«, rief Peter begeistert. »Da schwimmen lauter Fische drin. Der Sturm muss sie hier reingespült haben.«

»Tja, das ist Pech für sie«, grinste Justus.

»Weil sie von allein nicht rauskommen?«

»Nein, weil die unser Abendbrot werden. Los, ich habe in dem Schrank im Leuchtturm Angelschnüre und Haken gesehen.«

Es dauerte nicht lange und die drei ??? saßen am Ufer des Tümpels und hielten ihre selbst gebauten Angeln ins Wasser. Als Köder benutzten sie die letzten Reste aus den Corned-Beef-Dosen. Der Erfolg ließ nicht lange auf sich warten.

»Da, ich hab einen!«, jubelte Bob. »Bei mir hat einer angebissen. Zwar nicht groß, aber besser als nichts.« Nach kurzer Zeit hatten sie sechs Fische gefangen und legten sie auf einen Stein.

Peter betrachtete die Beute. »Ich habe zwar einen riesigen Hunger, aber roh krieg ich die garantiert nicht runter.« Auf diesen Moment hatte Justus gewartet. Er zog ein Klappmesser und ein

Päckchen Streichhölzer aus der Tasche. »Dann würde ich mal sagen, wir machen uns ein schönes Lagerfeuer. Erstaunlich, was man in alten Stahlschränken so alles findet.«

Es war gar nicht so einfach, mit dem nassen Treibholz ein Feuer zu entfachen. Zum Glück lag der Tümpel im Windschatten der Insel. Erst als die drei etwas trockenes Gras gefunden hatten, gelang es ihnen, ein prächtiges Feuer zu entzünden.

Justus hatte schon oft mit seinem Onkel Fische gefangen und auch zubereitet. Gekonnt nahm er die Fische aus und steckte sie auf angespitzte Stöckchen. Peter blickte ihm anerkennend über die Schulter. »Dass du das kannst ...«

Über der Glut wurden die Fische schnell gar und ein würziger Geruch breitete sich aus. Bob probierte als Erster. »Vorzüglich. Ich kann Ihr Restaurant nur weiterempfehlen. Wenn Sie mir jetzt bitte noch eine eiskalte Cola und die Dessertkarte bringen würden ...«

Satt und zufrieden lehnten sie sich zurück und

betrachteten den Sonnenuntergang. Als die Dämmerung einsetzte, stand Justus auf und verschwand hinter den Felsen.

»Holst du die Rechnung?«, lachte Bob.

»Nein, ich suche die Örtlichkeiten auf.«

»Die was?«

»Mann, ich muss mal!«

Doch kurz darauf kam er atemlos zurückgerannt.

»Just, was ist los?«, fragte ihn Peter erschrocken. »Hast du eine Schlange gesehen?«

»Nein, schlimmer – Fußspuren im Sand.«

Bob brachte das nicht gerade aus der Fassung. »Na und? Hier werden sich in der letzten Zeit ganz sicher auch andere Leute umgesehen haben. Schließlich ist es nicht verboten, Magic Island zu betreten.«

»Das stimmt«, erwiderte Justus nervös. »Aber Fußspuren im Sand werden normalerweise vom Regen verwischt.«

»Ja und?«

»Diese Spuren hat jemand nach dem Regen hinterlassen. Wir sind nicht allein auf der Insel.«

Hotel Leuchtturm

Alle drei blickten sich verunsichert um. Dann löschten sie eilig das Feuer und gingen zum Leuchtturm zurück.

»Also, wenn hier tatsächlich jemand auf der Insel wohnt, dann muss er uns gesehen haben«, überlegte Peter. Justus gab ihm Recht. »Das stimmt. Ich frage mich nur, warum er sich dann nicht bemerkbar gemacht hat? Die Person hat uns aus einem Versteck heraus beobachtet. Ich würde zu gerne den Grund dafür wissen.«

»Vielleicht liebt er die Einsamkeit«, überlegte Bob. »So ein Stadtmensch aus Los Angeles, der einfach mal seine Ruhe haben will.« Justus schüttelte den Kopf. »Und dann kommt er ausgerechnet hierher? Und überhaupt, wie ist die Person auf die Insel gekommen? Ich habe nirgends ein Boot gesehen. Nein, da muss noch etwas anderes dahinter stecken. Womöglich ist es ein Ausbrecher auf der Flucht.«

Justus, Peter und Bob beschleunigten ihre Schritte und schlossen die Stahltür des Leuchtturms hinter sich.

Während der Sturm weiter abflaute, brach die Dunkelheit über Magic Island herein. Die drei breiteten die Wolldecken auf dem harten Boden aus. Bob legte seine Brille neben das Funkgerät und rieb sich die Augen. »Also, dieses Hotel ist wirklich nicht zu empfehlen. Keine Duschen, harte Betten und den Zimmerservice kann man vergessen.«

In diesem Moment hörten sie ein merkwürdiges Brummen und die Lampe im Leuchtturm strahlte hell auf. Gleichzeitig begann sich die ganze Apparatur zu drehen, so dass sich der grelle Lichtstrahl kreisförmig über dem dunklen Meer bewegte.

»Auch das noch«, stöhnte Bob. »Das bringt dem Hoteldirektor morgen aber eine dicke Beschwerde ein. Schlaft gut.«

Nur Justus lag noch lange wach und blickte durch die Fensterscheiben in den sternenklaren Himmel. Der Gedanke an die Fußspuren im Sand ließ ihn einfach nicht mehr los. Doch irgendwann schlief auch er ein.

Die Nacht verlief ruhig und nicht einmal die lauten Geräusche der Leuchtturmapparatur störten die drei beim Schlafen. Sie waren von der Seeluft einfach zu müde. Selbst die dicke Seemöwe auf dem Fensterbrett hatte die Augen geschlossen.

Doch irgendwann am frühen Morgen wurde Justus schlagartig wach. Waren da etwa Schritte zu hören? Jetzt war er sich ganz sicher. Jemand kam langsam die stählernen Stufen des Leuchtturms herauf.

»He, Peter! Bob! Hört ihr das?«

Verschlafen räkelten sich die beiden unter ihren Decken. »Was ist los?«, fragte Bob. »Gibt's schon Frühstück?« Doch als er die Schritte hörte, vergingen ihm die Scherze. »Was ist das? Da kommt jemand direkt zu uns.«

Nun waren alle drei hellwach. Von draußen drangen die ersten Sonnenstrahlen durchs Fenster. Die drei Detektive steckten in der Falle und konnten nichts anderes unternehmen, als abzuwarten. Gebannt starrten sie auf die kleine Tür, die zur Treppe nach unten führte. Dann stoppten die Schritte plötzlich und die Türklinke bewegte sich langsam nach unten.

»Guten Morgen, Jungs«, begrüßte sie eine raue Männerstimme. Es war Kapitän Dexter. »Was ist los? Wollt ihr hier die nächsten Jahre verbringen? Der Sturm hat aufgehört und jetzt geht's nach Hause. Los, auf, Matrosen!«

Die drei waren überglücklich, den alten Fischer wiederzusehen. Minuten später gingen sie an Bord der Lucky Lady und machten die Leinen los.

»Und tschüss, Magic Island«, lachte Bob. »Mich siehst du nie wieder.«

Er sollte sich täuschen.

Kapitän Dexter war schon sehr früh aufgebrochen und hatte auf dem Weg die Netze ausgeworfen. Stolz zeigte er auf seinen Fang. »Lief nicht schlecht heute Morgen. Zehn Kisten frischer Seelachs. Da hat sich die Überfahrt zu euch wenigstens gelohnt. Mann, Mann, Mann! Und ich hatte euch doch gestern noch gesagt, nur eine Stunde! Wenn ihr pünktlich zur Lucky Lady zurückgekommen wärt, dann hättet ihr uns allen einigen Ärger ersparen können. So, dafür könnt ihr mir im Hafen helfen, die Kisten auszuladen.« Die drei ??? wagten nicht zu widersprechen.

Gemächlich tuckerte das alte Fischerboot dahin. Die Wogen vom Vortag hatten sich geglättet und schaukelten das Schiff sanft hin und her.

Als sie sich dem Hafen näherten, erblickten sie schon aus der Ferne Onkel Titus winkend auf der Mole.

»Moment!«, rief der Kapitän. »Erst wird ausgeladen! Vorher geht hier keiner von Bord!«

Onkel Titus war überglücklich, die drei wiederzusehen. »Ihr könnt euch gar nicht vorstellen, wie froh ich bin. Von euren Eltern habe ich mir vielleicht was anhören müssen. Aber am Schlimmsten war Tante Mathilda. Egal – Hauptsache, ihr seid alle wieder heil zurück.«

Justus versuchte ihn zu beruhigen. »Also, so fürchterlich war es nun auch wieder nicht. Wir haben doch schon oft woanders übernachtet. Im Leuchtturm gab's warme Decken und verhungern mussten wir auch nicht.«

»Genau. Fast wie in einem Luxushotel!«, bekräftigte Bob. Die Sache mit den Fußspuren im Sand behielten sie lieber für sich.

»So, genug gequatscht!«, unterbrach sie der Kapitän. »Zwei Mann bleiben an Bord, zwei Mann auf den Steg. Die einen reichen raus, die anderen nehmen an. Frischer Fisch darf nicht lange in der Sonne stehen. Auf, Matrosen!«

Selbst Onkel Titus gehorchte und griff nach den schweren Fischkisten. Der Fang wurde auf eine

Karre gepackt und anschließend über den Steg geschoben. Genüsslich zündete sich der Kapitän eine Pfeife an und reichte Justus einen großen Seelachs. »Hier, ich will mal nicht so sein. Der ist für eure Hilfe. Bin ja kein Unmensch. Jetzt muss ich aber los. Dahinten wartet schon mein Kunde.« Neben dem Büro des Hafenmeisters stand ein Lieferwagen mit einer großen Aufschrift an der Seite.

»Cargo Enterprises«, las Bob vor. »Komisch, das hört sich nicht gerade nach einem Fischgroßhändler an.« Kapitän Dexter lud zusammen mit zwei

Männern die Kisten ein und ging anschließend ins Büro des Hafenmeisters.

»Jetzt aber schnell nach Hause, sonst verhungere ich im Stehen!«, rief Justus. »Ich bin mal gespannt, was es heute zu Mittag gibt.«

»Na, was wohl«, grinste Onkel Titus und zeigte auf den Seelachs in Justus' Hand. »Fisch natürlich!«

Fischverfolgung

Tante Mathilda war so froh, die drei wiederzusehen, dass sie ihren Ärger fast vergaß.

»Ach du lieber Himmel, Justus!«, rief sie ihnen freudig entgegen. »Du bist ja ganz abgemagert. Nun setzt euch schnell hin, ich habe ordentlich viel zu Essen gekocht.«

»Äh, wir haben frischen Fisch mitgebracht«, entgegnete Justus zögernd. »Onkel Titus meinte, der würde heute auf den Tisch kommen.« Tante Mathilda nahm den Seelachs in die Hand und roch prüfend daran. »Was, der soll frisch sein? Der riecht, als ob er schon drei Tage in der Sonne gelegen hätte. Ich schmeiß zwar nicht gerne Lebensmittel weg, aber dieser Fisch ist eindeutig schlecht. Und wir wollen uns doch nicht den Magen verderben. Nein, nein, heute gibt es Rinderbraten mit Nudeln.« Justus lief das Wasser im Mund zusammen. Rinderbraten war eine seiner Lieblingsspeisen.

Während des Mittagessens berichteten die drei ausführlich von den Ereignissen auf der Insel. Doch auch diesmal erwähnten sie die sonderbaren Fußspuren nicht. Anschließend fuhren Peter und Bob zu ihren Eltern zurück.

»Wir treffen uns nachher in der Kaffeekanne«, rief ihnen Justus hinterher.

Die Kaffeekanne war der geheime Treffpunkt der drei ???. Früher war sie ein Wassertank für alte Dampflokomotiven gewesen. Justus, Peter und Bob hatten den Tank entdeckt und zur Detektivzentrale umgebaut. Die Kaffeekanne stand etwas außerhalb von Rocky Beach, gut versteckt zwischen großen Büschen und dornigem Gestrüpp.

Justus war der Letzte, der am frühen Nachmittag mit dem Fahrrad das Geheimversteck erreichte.

»Na, endlich!«, rief ihm Bob von oben entgegen. »Immer müssen wir auf dich warten.« Dann kletterte Justus die Eisenstufen hoch und quetschte sich durch die enge Luke. Drinnen konnten drei Personen bequem auf umgedrehten Kisten sitzen. Außerdem gab es noch genug Stauraum für allerlei nützliche Dinge.

»Bei mir zu Hause gab's vielleicht Ärger«, begann Peter. »Wenn meine Eltern auch noch die Sache mit den Fußspuren mitbekommen hätten, dann gute Nacht. Am meisten haben die aber auf Onkel Titus geschimpft. In seiner Haut möchte ich nicht stecken.«

»Bei mir war's genauso«, fuhr Bob fort. »Die waren beide die ganze Nacht wach und haben den Sturm beobachtet. Mein Vater hat sogar die Küstenwache angerufen.«

»Und?«, fragte Justus.

»Na, was wohl. Müde abgewinkt haben die natürlich. Die retten Leute in Seenot, aber nicht irgendwelche Touristen, die auf einsamen Inseln festsitzen. Eigentlich war es ja auch völlig ungefährlich.«

»Bis auf diese Fußspuren«, ergänzte Peter. »Ich kann es mir immer noch nicht erklären.«

Justus knetete wieder einmal seine Unterlippe.

»Es gibt noch mehr Dinge, die sonderbar sind. Erstens, wieso ist frisch gefangener Fisch schon nach so kurzer Zeit verdorben und zweitens, warum verkauft Dexter seinen Seelachs einer Firma, die Cargo Enterprises heißt?«

Bob begann daraufhin, in einer alten Apfelsinenkiste herum zu wühlen. »Was das für ein Laden ist, lässt sich mit diesem Telefonbuch leicht herausfinden. Wartet mal, Caramba, Carat, Cargo Enterprises, na bitte! Hier steht: Im- und Export neue Medien. Lenders Road 47. Ich glaube, das ist im neuen Industriegebiet, ein paar Kilometer die Küstenstraße runter.«

Peter ahnte, worauf das hinauslaufen würde. »Moment, wir sind gerade heil von der Insel zurückgekommen und schon riecht es nach einem neuen Fall. Ich brauch erstmal ein paar Tage, um mich zu erholen.«

Doch Justus ließ sich davon nicht beeindrucken. »Ach was, erholen können wir uns später noch. Mir sind das alles zu viele offene Fragen. Vielleicht bekommen wir in der Lenders Road ein paar Antworten.« Peter gab sich wieder einmal geschlagen und folgte seinen beiden Freunden zu den Rädern.

»Du wirst sehen, Peter«, beruhigte ihn Bob während der Fahrt. »Wir gucken uns den Laden kurz an und dann wird sich die ganze Sache schon von selbst aufklären.«

Vom Sturm der letzten Nacht war nichts mehr zu spüren. Wie fast jeden Tag in Kalifornien stand die Sonne senkrecht am Himmel und brachte den schwarzen Asphalt zum Glühen.

Justus lief der Schweiß von der Stirn. »Nicht so schnell«, japste er. »Wir machen doch hier kein Radrennen.« Peter drehte sich um und lachte vergnügt. »Ach ne, erst kannst du es kaum erwarten, deine Detektivnase überall reinzustecken, und jetzt machst du schon schlapp.«

Nach einer halben Stunde erreichten sie endlich

das Industriegebiet. Bob stoppte vor einem großen Schild am Straßenrand. »Die Lenders Road ist die dritte links.«

Schließlich standen sie vor der Nummer 47. Das Grundstück war eingezäunt und außer einigen rostigen Containern war nichts zu sehen.

»Das soll Cargo Enterprises sein?«, wunderte sich Peter. Vorsichtig näherten sie sich einer schiefen Gittertür. Sie war aus den Angeln gebrochen und anscheinend seit Jahren nicht mehr bewegt worden. Zielstrebig ging Justus darauf zu. »Wenn eine Tür offen steht, dann darf man auch durchgehen. Los, kommt!« Peter folgte ihm zögernd. Doch auf dem Gelände erwartete sie eine Enttäuschung: Alle Container waren durch schwere Eisenriegel verschlossen und auch sonst fand sich nichts, was sie weiterbrachte.

»Zumindest wissen wir jetzt, dass es kein Fischgroßhändler ist«, bemerkte Bob. »Obwohl – irgendwie stinkt es hier schon ziemlich nach Fisch.«

Es war zunächst nicht leicht, die Herkunft des

Geruchs zu orten. Doch dann machte Peter eine Entdeckung. »Guckt mal, da hinten sind gleich drei Katzen auf einmal. Ob die was zu Fressen gefunden haben?«

Peters Spürnase führte sie zu einem großen Haufen Müll. Fluchtartig nahmen die Katzen Reißaus und krochen in eine kleine Nische unter einem der Container. Auf dem Müllberg lagen viele Holzpaletten, leere Eimer und schwarze Plastikfolien.

»Puh, das stinkt ja wirklich ekelhaft«, schimpfte Bob und hielt sich die Nase zu. Justus nahm sich einen Stock und begann, damit im Dreck herumzustochern. Als er eine der zerfetzten Folien beiseite schob, strahlte plötzlich sein Gesicht. »Da haben wir doch, was wir suchen.«

Unter der Folie lag eine riesige Menge Fische. Tausende von Fliegen stoben in den Himmel und ein beißender Geruch strömte den drei ??? entgegen. Die meisten der Fische waren schon halb verwest und von den Katzen angefressen.

Bob drehte sich angewidert um und flüchtete vor dem Gestank. »Ich versteh das nicht. Warum kauft die Firma Fische und schmeißt sie dann hier auf einen Haufen?«

Containerspiele

Nur Justus blieb eisern und stocherte weiter im Unrat. »He, lauft nicht weg! Ich habe noch etwas Interessantes gefunden.« Aber seine beiden Freunde hatten keine Lust, sich noch einmal dem Gestank auszusetzen.

»Toll, Just! Dann bring es doch einfach hierher. Mir ist der Appetit vergangen«, rief Bob zurück.

Mit einem zweiten Stock fischte Justus ein Plastikteil aus dem Dreck und ging damit auf Peter und Bob zu. »Erkennt ihr, was das ist?« Peter nickte. »Ja, eine CD. Was ist daran so besonders?«

»Seht euch die mal genauer an! Kein Mensch würde so etwas einfach wegschmeißen. Das ist der brandneue Formel 1 Simulator als PC-Game. Auf dem Haufen liegen noch mehr davon.«

Die beiden staunten nicht schlecht, als Justus das Computerspiel vor ihnen auf den Boden warf.

»Das stinkende Teil schiebe ich aber nicht in meinen Rechner«, entschied Peter.

»Das kannst du auch nicht. Die CD ist nämlich zerbrochen. Okay, dann lasst uns mal festhalten, was wir bis jetzt rausgefunden haben: Wir haben es also mit einer Firma zu tun, die erstens Seelachs kauft und dann im Müll verbuddelt und zweitens was mit Computerspielen zu tun hat. Cargo Enterprises Im- und Export neue Medien – zu neuen Medien gehören auch Computerspiele. Ja, jetzt passt allmählich alles zusammen.«

Bob betrachtete die kaputte CD. »Gut, aber was ist das für eine komische Firma? Fisch und Spiele – das habe ich ja noch nie gehört.«

Plötzlich hörten sie von der Straße ein Motorengeräusch.

»Da kommt ein Wagen auf uns zu! Schnell! Wir verstecken uns hinter einem der Container!«, rief Peter, packte sein Rad und rannte mit den anderen in Deckung. Vorsichtig beobachteten sie aus ihrem Versteck heraus die Toreinfahrt. Es war der Lieferwagen, den sie am Hafen gesehen hatten.

»Cargo Enterprises«, flüsterte Bob aufgeregt.

Der Wagen fuhr auf das Gelände und stoppte direkt vor dem Container der drei Detektive. Dann öffneten sich die Türen und die zwei Männer vom Hafen stiegen aus.

»Hast du die Schlüssel?«, rief einer der beiden.

»Warte, die müssen noch in der Karre liegen, Rick. Ich hol sie.« Dann schlossen sie den Container auf und öffneten eine der großen Flügeltüren.

»Hier, ich hab die Liste. Zwei Kartons Gunfighter, einmal Helicop Soldiers und vier Kisten Formel 1. Die laufen anscheinend am besten. Pass auf, dass nicht wieder was runterfällt! Die kaputten Dinger nimmt uns keiner ab.«

Justus machte neugierig einen Schritt nach vorn und versuchte, in den Container zu spähen. Doch unglücklicherweise trat er dabei auf einen trockenen Ast.

»He, Commander, was war das?«

»Was war was, Rick?«

»Hast du das nicht gehört? Dieses Knacken eben.«

Erschrocken wichen die drei ??? zurück und pressten sich an die Containerwand.

»Hallo, ist da wer?«

»Rick, von allein wird sich keiner melden. Du musst schon hingehen und nachsehn.«

»Okay, Commander.«

Plötzlich hob Peter einen Stock auf und fuchtelte damit in der kleinen Nische unter dem Container herum. Justus und Bob starrten ihn verständnislos an. Doch Peters Plan ging auf. Mit einem lauten Jaulen sprangen die Katzen aus ihrem Versteck und flüchteten zu einem anderen Container.

»Alles okay, Commander. Waren nur wieder diese verdammten Katzen. Ich glaube, wir müssen den Fisch richtig vergraben. Bei den ganzen Katzen könnte sonst noch jemand stutzig werden.«

»Gut, aber nicht heute. Wir haben noch eine Ladung auszuliefern. Wenn das so weiter geht, muss Kalknase noch Nachtschichten einlegen und Dexter zweimal am Tag rausfahren. So, hast du alles? Wir verschwinden.«

So schnell die beiden Männer gekommen waren, so schnell verschwanden sie auch wieder. Erst als sich das Motorengeräusch weit genug entfernt hatte, wagten sich die drei ??? wieder aus ihrem Versteck.

»Oh Mann, wenn Peter nicht die Idee mit den Katzen gehabt hätte, dann gute Nacht. Mir ist ganz schlecht geworden.« Bob stand der Schreck noch ins Gesicht geschrieben.

Justus setzte sich auf ein umgekipptes Ölfass. »So langsam kommt Licht ins Dunkel. Das scheint hier so eine Art Umschlagplatz für Computerspiele zu sein. Ein Lager, aus dem sich die beiden nach Bedarf bedienen. Die handeln im großen Stil.«

Bob nickte. »Das sehe ich genauso. Die haben ja richtige Bestelllisten von ihren Kunden. Garantiert haben die Dreck am Stecken. Ich wette, die Ware ist geklaut.«

»Hundertprozentig ist die geklaut«, stimmte Peter zu. »Sonst würden die doch nicht den ganzen Aufwand hier treiben. Ein besseres Versteck könnte ich mir kaum vorstellen. Ich finde, wir sollten Kommissar Reynolds Bescheid sagen.« Doch Justus schüttelte den Kopf. »Ich weiß nicht. Ob die Spiele tatsächlich gestohlen sind, wissen wir nicht. Selbst wenn die Polizei die CDs sicherstellt – an die Hintermänner kommen sie damit nicht ran.«

»Was für Hintermänner?«, fragte Peter.

»Habt ihr nicht zugehört? Der eine heißt Rick und der andere nennt sich Commander. Aber das sind nicht alle. Die beiden haben noch mehr Namen erwähnt.«

Bob erinnerte sich. »Richtig. Kalknase und Kapitän Dexter. Den kennen wir ja. Ich werde einfach nicht schlau aus der Geschichte. Was hat das alles miteinander zu tun?«

Lange Zeit schwiegen sie und dachten angestrengt nach. Dann stand Justus entschlossen auf und holte sein Rad aus dem Versteck. »Es gibt nur eine Möglichkeit, das herauszufinden. Alles hängt irgendwie zusammen. Die Computerspiele, der faule Fisch, die beiden Männer und ...«

»Und?«, fragten Peter und Bob im Chor.

»Kapitän Dexter. Vielleicht kann er uns Antworten auf unsere Fragen geben.«

Schiffsdurchsuchung

Sie beschlossen, noch einmal zum kleinen Fischereihafen zu fahren, und setzten sich auf ihre Räder. Mittlerweile war es so heiß geworden, dass auch der Fahrtwind kaum für Abkühlung sorgte.

Der Hafen lag zwischen dem Industriegebiet und Rocky Beach. Nach zwanzig Minuten erblickten sie das Meer und das Hafengelände. Die letzten Meter ging es in vielen Kurven bergab und Justus nahm erleichtert die Füße von den Pedalen.

Ihr erster Weg führte sie ins Büro des Hafenmeisters. Ernesto Porto hatte seine Beine auf den Tisch gelegt und schien zu schlafen.

»Hallo, Mister Porto!«, rief Justus und betrat den Raum. Der Hafenmeister fiel vor Schreck fast vom Stuhl. »Verdammt! Könnt ihr nicht anklopfen? Ich habe fast einen Herzinfarkt bekommen.« Erst jetzt erkannte er die drei wieder. »Ach, ihr seid es. Da habt ihr ja gestern für ordentlich Unruhe gesorgt. Euer Onkel wollte gar nicht mehr aus meinem Büro verschwinden. So viel Wind um nichts. Ihr wart doch trocken und sicher auf dem Leuchtturm. Da haben wir hier schon ganz andere Dinge erlebt. Aber was wollt ihr eigentlich?«

»Wir suchen Kapitän Dexter«, erklärte Bob.

»Den alten Dexter? Tja, keine Ahnung. Heute morgen war er noch bei mir im Büro. Der kommt, wann er will. Mal fährt er raus zum Fischen und mal sehe ich ihn tagelang nicht. Früher war er jeden Tag mit den anderen Fischern auf dem Meer. Jetzt scheint er irgendwo einen Geheimplatz gefunden zu haben.«

»Einen Geheimplatz?«, fragte Bob neugierig.

»Ja, eine gute Stelle zum Fischen, die nur er

kennt. Es ist schon merkwürdig: Selbst wenn den anderen Fischern kaum ein kleiner Lachs ins Netz gegangen ist, kommt er mit fetter Beute in den Hafen. Und das in seinem Alter. Noch vor einem Jahr hätte er fast sein Boot verkaufen müssen.«

Justus blickte nachdenklich aus dem Fenster. »Verkaufen die anderen Fischer ihren Fang auch an Cargo Enterprises?«

»Cargo was?«

»Ja, die beiden Männer im Lieferwagen, die heute vor Ihrem Büro die Fische von Kapitän Dexter eingeladen haben.«

»Ach die. Ja, das ist seltsam. Die anderen Fischer geben ihren Fang bei der Genossenschaft ab. Hier um die Ecke in der großen Fischhalle wird der Fisch gelagert. Dexter hat wohl einen Spezialabnehmer gefunden. Die scheinen nicht schlecht zu zahlen. Wenn ihr mich allerdings fragt – das muss aber unter uns bleiben ...«

»Natürlich, Mister Porto.«

»Manchmal hab ich das Gefühl, Dexters Fische

sind nicht besonders frisch. Ab und zu stinkt's bis in mein Büro hinein. Entweder er hat zu wenig Kühleis an Bord, oder der Fisch kommt nicht direkt aus dem Meer.«

»Und was soll das heißen?«, fragte Peter nach.

»Keine Ahnung. Vielleicht besorgt er ihn sich in Santa Barbara oder sonst wo her. So viel Seelachs, wie der hier manchmal anschleppt, hat jedenfalls noch nie einer der anderen Fischer an Land gezogen. Aber ich will nichts gesagt haben.«

Die drei Detektive verabschiedeten sich und gingen zum Steg der Lucky Lady.

»Hallo, Kapitän Dexter? Sind Sie an Bord?«, rief Justus. Niemand antwortete. »Nichts zu sehen von ihm. Vielleicht schläft er unter Deck. Kommt mit!«

Nacheinander kletterten sie über die Reling und Bob klopfte an die kleine Holzluke, die nach unten führte. Als sich niemand meldete, öffnete Justus die Tür.

»Bist du verrückt, Just?«, flüsterte Peter. »Wir können da doch nicht einfach so reingehen.«

»Ach was, wenn jemand kommt, sagen wir, dass wir was im Schiff vergessen haben. Los!«

Unter Deck war es ziemlich dunkel. Erst allmählich gewöhnten sich die Augen der drei ??? an die spärliche Beleuchtung. Der Raum war sehr klein und fast leer. Nur an einer Seite befand sich ein schmales Bett und im hinteren Teil stand eine hölzerne Truhe.

Vorsichtig näherte sich Justus der großen Kiste und öffnete langsam den Deckel. Peter wich nervös ein Stück zurück. »Just, sei vorsichtig! Wer weiß, was da drin ist ...«

Doch dann machten die drei ??? eine überraschende Entdeckung. Auf dem Boden der Truhe lagen Fetzen einer schwarzen Folie und mehrere CDs.

»Ich werd verrückt!«, durchzuckte es Bob. »Das sind die PC-Spiele. Dexter steckt tatsächlich mit denen unter einer Decke. Aber was soll das alles?«

Weiter kam er nicht mit seinen Überlegungen, denn von draußen hörte man schwere Schritte auf dem Holzsteg. Peter sprang zum Bullauge und riskierte einen Blick nach draußen. »Mist, das ist Dexter. Was machen wir denn jetzt? Ich habe keine Lust, hier beim Herumschnüffeln erwischt zu werden.«

Entschlossen deutete Justus auf die große Holzkiste. »Wir haben nur eine Möglichkeit!«

Ab in die Kiste!

Peter und Bob wussten sofort, was ihr Freund vorhatte, und sie sprangen, ohne nachzudenken, auf die Kiste zu.

»Schnell! Alle rein hier!«, flüsterte Justus und schloss anschließend den Deckel über sich.

In dem Kasten war es sehr eng und stickig. Doch zum Glück hatten die Seitenwände viele Löcher und Ritzen, durch die genügend Luft strömte und durch die man nach draußen blicken konnte. »Still, Dexter geht an Bord!«

Sie konnten genau hören, wie der Kapitän fröhlich pfeifend übers Deck ging. Plötzlich öffnete sich quietschend die Holzluke. Die drei ??? wagten nicht zu atmen, als der Fischer die knarrenden Holzstufen hinunter stieg. Durch die Ritzen konnten sie beobachten, wie Dexter seine Jacke an einen Haken an der Wand hängte. Dann zog er ein Handy aus der Tasche und wählte eine Nummer. »Kalknase? ... Ja, ich bin's, Dexter. Ich lege gleich ab und bin wie immer ungefähr in einer dreiviertel Stunde da. Wir müssen diesmal auf die Strömung achten, sonst treibt uns das ganze Zeug noch an die Küste. Der Sturm hat alles durcheinander gebracht. ... Ja, genügend Fisch hab ich noch an Bord. Stinkt zwar schon ein bisschen, aber geht noch. Morgen besorg ich neuen Seelachs. ... Alles klar. Hat sich der Commander bei dir gemeldet? ... Gut, dann hast du ja auch die Bestelllisten. Okay, ich steche jetzt in See.« Anschließend ging der Fischer wieder an Deck, warf den Schiffsdiesel an und machte die Leinen los.

»Habt ihr eine Ahnung, was das bedeuten soll?«, fragte Peter. Justus schüttelte den Kopf. »Darüber brauchen wir uns jetzt nicht den Kopf zu zerbrechen. In einer dreiviertel Stunde wissen wir, was die Bande vorhat.«

Als das Schiff langsam zu schaukeln begann, wurde Justus, Peter und Bob klar, dass sie sich mittlerweile auf dem Meer befanden. Von draußen drangen die lauten Schreie der Seemöwen zu ihnen. Doch schon nach kurzer Zeit hielten es die drei nicht mehr in der engen Holzkiste aus.

»Ich kann nicht mehr«, stöhnte Bob. »Meine Beine sind schon ganz taub. Ich denke, der Kapitän kommt erst mal nicht wieder runter. Wir sollten es wagen.«

»Du willst das Versteck verlassen?«, erschrak Peter. »Was ist, wenn er zurückkommt?«

Justus versuchte, ihn zu beruhigen. »Das glaube ich nicht. Ein Kapitän muss hinter seinem Ruder bleiben. Mir tun auch alle Knochen weh. Außerdem bekommen wir sonst gar nicht mit, was gleich vor sich geht.«

»Bist du dir sicher, Just?«

»Klar, der bleibt oben. Darauf wette ich eine ganze Kirschtorte von Tante Mathilda.« Widerwillig folgte Peter seinen beiden Freunden.

Eine halbe Stunde später konnten sie durch das Bullauge die Umrisse einer Insel ausmachen.

»Wie ich es mir gedacht habe«, stellte Justus fest. »Dexter nimmt Kurs auf Magic Island.«

Schließlich verlangsamte die Lucky Lady die Fahrt. Neugierig spähten die drei ??? durch die offene Holzluke. Auf dem Deck beobachteten sie, wie Kapitän Dexter seine Netze langsam ins Wasser ließ.

»Ich versteh das nicht«, flüsterte Peter. »Nun fängt der an zu fischen. Vielleicht liegen wir völlig falsch mit unseren Vermutungen.«

»Abwarten«, entgegnete Justus.

Jetzt nahm das Fischerboot wieder Fahrt auf und fuhr langsam vor der Insel hin und her. Schließlich zog der Kapitän die langen Schleppnetze mit einer Winde zurück an Bord. Doch der Fang be-

stand nicht aus zappelnden Seelachsen, sondern aus mehreren großen schwarzen Paketen. Dexter nahm erneut sein Handy in die Hand. »Alles klar, Kalknase. Ich hab sie. Es waren doch vier, oder? ... Genau, hab ich alle sicher an Bord. Ich werde sie erst morgen früh ausladen. Wenn ich heute zum zweiten Mal mit so viel Seelachs im Hafen lande, dann werden die anderen Fischer misstrauisch. Porto hat heute Morgen schon so seltsam geguckt. ... Ja, ja, bei mir an Bord sind sie über Nacht sicher. Ich hab da meine Verstecke. Ende.«

Dann hob er eins der schwarzen Pakete auf und ging damit direkt auf die kleine Holzluke zu.

»Schnell!«, flüsterte Bob. »Zurück in die Kiste!«

Peter war damit überhaupt nicht einverstanden. »Nein, lieber nicht. Was ist, wenn Dexter ...«

»Wir haben keine Zeit, darüber zu diskutieren!«, zischte Justus. »Los, sonst erwischt er uns!«

Doch Peter sollte mit seiner Befürchtung Recht behalten. Kaum hatten die drei Detektive den Deckel über sich verschlossen, betrat der Kapitän

den Raum, ging zur Kiste und öffnete sie mit einem Ruck. Als sie sich dann in die Augen blickten, stießen alle vier einen gellenden Schrei aus. Der Kapitän fand als Erster die Worte wieder. »Verflixt und zugenäht! Wo kommt ihr denn her? Los, raus mit der Sprache!«

»Wir ... wir haben was an Bord vergessen, Mister Dexter«, stammelte Justus. Doch über seine Erklärungsversuche konnte der Kapitän nur lachen. »Und das sucht ihr ausgerechnet in der Kiste? Alle drei gleichzeitig? Wollt ihr mich etwa für dumm verkaufen, hä? Raus mit der Sprache! Schickt euch der Zoll?« Justus wusste, dass es keinen Sinn haben würde, weiter zu lügen, und schwieg.

»So was Dummes! Was soll ich jetzt mit euch

anstellen? Vielleicht über Bord werfen? Na schön, ihr bleibt hier! Ich muss telefonieren.«

Dann verschwand der Kapitän wieder nach oben und ging in die Führerkabine. Von dem Gespräch bekamen die drei nichts mit.

Peter zitterten immer noch die Hände. »So ein Mist! Ich habe geahnt, dass er die Pakete in die Truhe packen will. Jetzt ist alles zu spät. Warum habe ich nur auf dich gehört, Just?«

Dieser stieg mit hängendem Kopf langsam aus der Kiste aus. »Okay, okay, jeder macht mal Fehler. Ich hätte nie gedacht, dass er uns hier erwischen würde.«

»Toll, und weißt du auch, was das bedeutet?«

Bob grinste zum ersten Mal wieder. »Das bedeutet, dass Just dir eine Kirschtorte schuldet. Er hat die Wette eindeutig verloren.«

Doch zum Scherzen war den anderen beiden überhaupt nicht zumute.

Schmugglertricks

Vorsichtig berührte Justus das nasse Paket am Boden. Es war dicht verschnürt mit schwarzer Plastikfolie. Ihnen war jetzt klar, was sich darin befand. »Nun wissen wir zumindest, was es mit der ganzen Sache auf sich hat«, begann er kleinlaut. »Hier drin sind natürlich die Computerspiele. Die ganze Aktion mit den Fischen dient nur der Tarnung. Wir haben es mit Schmugglern zu tun.«

»Aber wozu das Ganze?«, fragte Bob verständnislos.

»Das ist doch ganz einfach. Die Spiele sind garantiert geklaut und auf Magic Island werden sie gelagert. Niemand soll mitbekommen, wie die heiße Ware an Land gebracht wird. Der Plan ist genial: Jemand auf der Insel wirft sie in die Strömung und Kapitän Dexter fischt die wasserdichten Pakete unauffällig aus dem Meer.«

»Und wie bringt er sie dann unbemerkt in den Hafen?«

»Mit einem alten Schmugglertrick. Das Zeug wird einfach unter dem Seelachs versteckt. Und wir haben noch geholfen, die Kisten auszuladen. Im Hafen packen dann dieser Commander und Rick alles in den Lieferwagen und fahren zu den Containern.«

»Cargo Enterprises?«

»Genau. Dort wird alles ausgewickelt, der Fisch landet auf dem Müll und die Computerspiele werden weiter verkauft. Fertig. Darum auch die ganze schwarze Folie, die wir entdeckt haben.«

Plötzlich stand Dexter wieder auf der Treppe. Er hatte anscheinend von oben alles mit angehört. »Bravo, Jungs. Ihr seid gar nicht so blöd, wie ihr ausseht. Ein toller Plan, oder? Hat sich unser Commander ausgedacht. Aber leider habt ihr einen dummen Fehler gemacht. Ihr hättet nicht noch mal an Bord kommen dürfen. Tja, das war's für euch Schnüffler.« Peter hockte immer noch kreideweiß in der Kiste. »Was haben Sie jetzt mit uns vor?«

»Der Commander hat beschlossen, dass ihr

noch ein paar schöne Stunden auf Magic Island verbringen dürft. Euch hat die Insel doch so gut gefallen. Wir werden uns für immer verabschieden. Schade eigentlich, hat 'ne Menge Kohle gebracht in den letzten Monaten.«

Justus nahm seinen ganzen Mut zusammen. »Ich verstehe Sie nicht, Mister Dexter. Sie sind doch ein ganz normaler Fischer. Warum haben Sie sich mit solchen Leuten eingelassen?«

»Das stimmt, mein Junge. Die Fischerei war mein Leben. Aber wisst ihr auch, was es bedeutet, bei jedem Wind und Wetter hier draußen zu sein? Das ist hart. Ich habe mich zwar über die Jahre daran gewöhnt. Doch als mir dann die Banken meine Kredite gekündigt haben, hatte ich die Schnauze voll. Man zieht eben heutzutage nicht mehr genug Fische aus dem Pazifik. Wenn dann noch die Preise für Seelachs in den Keller gehen, steht man plötzlich vor der Pleite. Zum Glück habe ich den Commander kennen gelernt. Er ist wie Robin Hood. Wir nehmen es von den Reichen und geben es den Armen – nämlich uns.« Der Kapitän lachte laut und dreckig. »Aber sei's drum, was erzähle ich euch von meinem Leben. Ihr habt jetzt ganz andere Probleme. Ihr wolltet doch so gerne Robinson Crusoe spielen, oder? Dazu habt ihr jetzt Gelegenheit. Ich werde euch nämlich auf der Insel rausschmeißen. Dort bleibt ihr, bis wir uns abgesetzt haben. Wir werden dann aus sicherer Entfernung der Küstenwache Bescheid geben. So, ihr wartet hier unten, bis ich euch hole! Und keine Dummheiten!«

Danach stieg Kapitän Dexter die Treppe hinauf und versperrte hinter sich die Tür.

»Jetzt sitzen wir in der Falle«, stöhnte Bob.

Durch das Bullauge beobachteten sie, wie sich die Lucky Lady der Insel näherte. Minuten später machte der Fischer das Boot am Holzsteg fest und stellte den Motor ab.

»Hört ihr das? Er geht von Bord«, flüsterte Justus. Eilig rannte er zur Holztür und versuchte, sie zu öffnen. »Das war klar. Dexter hat uns eingesperrt.« Es blieb ihnen nichts anderes übrig, als abzuwarten.

Nach kurzer Zeit kam der Kapitän wieder zurück und schloss die Tür auf. »So, aussteigen. Endstation! Nun macht schon!«

Zögernd folgten ihm die drei auf den Holzsteg.

»Hier habt ihr was zu Essen und ein paar Flaschen Wasser. Ich wünsche einen angenehmen Aufenthalt im Ferienparadies.« Hämisch lachend ging er zurück an Bord und legte ab.

»Ich glaub es einfach nicht«, begann Bob. »Der lässt uns hier einfach allein versauern.« Justus knetete angestrengt an seiner Unterlippe. »Allein?«

Peter und Bob erstarrten vor Schreck. Sie hatten die unbekannte Person auf der Insel fast vergessen.

»Jetzt wissen wir auch, von wem die Fußspuren stammen«, stöhnte Peter. »Von diesem Kalknase! Dem möchte ich lieber nicht begegnen.«

Kein Lüftchen wehte und die Sonnenstrahlen spiegelten sich auf dem ruhigen Meer. Müde plätscherten kleine Wellen an den Strand.

Plötzlich schlug sich Justus an die Stirn. »Hey, wir haben doch das Funkgerät!«

SOS

So schnell sie konnten, rannten sie zum Leuchtturm. Die Tür stand offen und Peter jagte die Stahlstufen nach oben. »Los, kommt mit! Es gibt einen Notkanal für die Küstenwache.«

Justus erreichte als Letzter den kleinen Raum. Wieder hockte eine freche Seemöwe auf der Fensterbank. Peter machte sich sofort ans Werk. »Hallo, hier spricht Peter Shaw. Hört mich jemand? Dies ist ein Notfall. Hallo, Küstenwache!«

Immer wieder setzte er seinen Notruf ab. Doch niemand antwortete. »Mayday, SOS, hört mich einer?«

Plötzlich legte ihm Bob die Hand auf die Schulter. »Vergiss es, Peter. Siehst du die rausgerissenen Kabel? Dexter ist vorhin allein losgegangen, um das Funkgerät zu zerstören.«

Enttäuscht sackte Peter zu Boden und setzte sich auf eine der Wolldecken. »Oh, nein, das war unsere letzte Chance.«

Lange Zeit schwiegen die drei Detektive.

»Ich kann mich einfach nicht damit abfinden, hier nur herumzusitzen«, begann Justus. »Ich habe so viele Filme mit Schiffbrüchigen auf einsamen Inseln gesehen und alle wussten sich am Ende zu helfen.«

Peter schien das nicht aufzumuntern. »Ja, das waren aber eben alles nur Filme. Das hier ist leider echt.«

»Na und? Es gibt immer eine Möglichkeit. Also, wie können wir noch auf uns aufmerksam machen?«

Bob betrachtete die dicke Seemöwe. »Wir könnten dem Vogel eine Botschaft ans Bein binden. Wie bei einer Brieftaube.«

»Blöde Idee, weiter!«

»Wir trinken das Wasser aus und machen eine Flaschenpost«, überlegte Peter.

»Die kommt erst nach Wochen an – wenn überhaupt. Nein, wir brauchen etwas, das man kilometerweit sieht.«

»Feuer!«, riefen Peter und Bob wie aus einem Mund. Aufgeregt rannte Justus zu dem kleinen Metallschrank und suchte nach dem Feuerzeug. Er hatte es am Tag zuvor wieder dort abgelegt. »Das ist mal eine zündende Idee. Kommt, wir machen das größte Feuer, das Magic Island je erlebt hat.«

Fieberhaft suchten sie trockenes Gras zusammen und warfen es am Strand auf einen Haufen. Minuten später brannte alles lichterloh.

»Wir müssen viel feuchtes Holz draufschmeißen«, keuchte Bob. »Das qualmt am besten.«

Dicke Rauchwolken stiegen in den klaren Himmel. Gleichzeitig kratzte Peter mit einem Stock riesige Zeichen in den Sand.

»Was soll das?«, fragte Justus verwundert.

»Das hab ich in einem Film gesehen. Ich male Buchstaben, die man aus dem Flugzeug erkennen kann.«

»Was für Buchstaben?«

»SOS.«

Die nächste Zeit verbrachten sie damit, den Horizont nach Schiffen abzusuchen. Doch so sehr sie sich auch anstrengten, es war keine Rettung in Sicht.

»Es hat keinen Sinn. Weit und breit ist kein Boot zu sehen.« Bob ließ sich erschöpft in den Sand fallen.

Justus knetete nervös seine Unterlippe. »Ich weiß nicht, wie es mit euch ist, aber ich habe keine Lust noch eine Nacht auf Magic Island zu verbringen. Von mir aus kann Onkel Titus die verdammte Insel komplett wieder dem Notar zurückgeben. Kein Wunder, dass Balduin hier nicht bleiben wollte.«

»Und was schlägst du vor, Just?«, wollte Peter wissen.

»Wir werden die Insel erkunden. Ich habe zwar keine Ahnung, was wir finden könnten, aber das ist immer noch besser, als hier in der Sonne zu vertrocknen.« Bob war einverstanden. »Na, schön, vielleicht finden wir ja eine Telefonzelle und einen Cola-Automaten«, grinste er. Peter blieb mal wieder nichts anderes übrig, als seinen beiden Freunden zu folgen. »Den Proviant und die Wasserflaschen nehmen wir aber mit.«

Justus betrachtete nachdenklich den Dschungel. »Einfach drauflos zu laufen wird nicht viel bringen. Klar ist, dass noch jemand auf Magic Island ist. Dieser Kalknase. Von ihm waren auch garantiert die Fußspuren im Sand. Jetzt drehen wir den Spieß einfach um und verfolgen zur Abwechslung mal ihn.« Zielstrebig marschierte er zu dem Tümpel hinter den Felsen.

Das Wasser war mittlerweile abgelaufen und einige Fische lagen tot in der Sonne. Hungrige Möwen machten sich über die leichte Beute her.

»Da! Die Fußspuren! Sie führen direkt in die Büsche.«

Doch auf dem überwucherten Boden im Dschungel verloren sich die Spuren. Dafür fanden sich aber an mehreren Stellen kleine abgebrochene Zweige. Stück für Stück tasteten sich die drei Detektive ins Dickicht vor.

»Hier ist jemand nicht nur einmal durchgegangen«, vermutete Bob. »Das sieht aus wie eine Art Trampelpfad.«

Tief aus dem Dschungel drangen seltsame Geräusche. Fremdartige Vogelstimmen waren zu hören. Und manchmal schien es, als ertönten ganz in der Ferne Trommeln.

»Bist du dir sicher, dass wir das Richtige tun?«, fragte Peter. »Vielleicht sind hier mehr Leute, als wir denken. Was machen wir, wenn uns jemand über den Weg läuft?«

Justus wollte sich seine Angst nicht anmerken lassen und lachte unsicher. »Na, dem werde ich mitteilen, dass er sich auf Privatbesitz befindet. Wozu hat man denn schließlich geerbt.«

Voodoo-Zauber

Je tiefer sie in den Dschungel eindrangen, desto schwieriger wurde es, die Spuren zu verfolgen. Schließlich wussten sie nicht mehr weiter.

»Vielleicht sollten wir uns aufteilen«, schlug Justus vor. Peter war entsetzt. »Bist du bescheuert? Ich mache hier keinen Schritt allein!«

»Mann, das war ein Witz.«

»Super, kannst du dir deine Witze bitte verkneifen, bis wir zu Hause sind?«

Das Blätterdach über ihnen war so dicht, dass es trotz der Sonne sehr dunkel war. Schritt für Schritt wagten sie sich weiter vor.

Plötzlich erstarrten alle drei gleichzeitig und blieben wie angewurzelt stehen. Direkt vor ihnen hingen mehrere furchterregende Masken in den Büschen.

»Was ... was ist das?«, stotterte Bob. Peter brachte keinen Ton heraus. Nur Justus näherte sich vorsichtig den sonderbaren Schnitzereien.

»Geh da lieber nicht zu nah ran«, flüsterte Bob. Doch sein Freund ließ sich nicht beirren und untersuchte die Masken, ohne sie zu berühren.

»Falscher Alarm«, grinste Justus nach einer Weile und nahm eine der Masken in die Hand. »Das sind die Dinger, die sie am Strand den Touristen andrehen. Mir kamen die gleich bekannt vor. Hier, auf dieser steht sogar hinten der Preis noch drauf.«

»Und warum hängen die mitten im Urwald?«

»Ich denke, damit will jemand lästige Besucher erschrecken und von der Insel verscheuchen. Aber dadurch wissen wir nun auch, dass dieser Jemand etwas zu verbergen hat. Los, weiter! Wir sind auf der richtigen Spur.«

Ab jetzt mussten sie sich mit Stöcken einen Pfad durchs Unterholz frei schlagen. Schließlich versperrten steile Felsen den Weg.

»Endstation, würde ich sagen«, schnaufte Bob. Doch diesmal war es Peter, der interessiert den Felsen untersuchte. »Ich bin mir nicht ganz sicher, aber dort hinten scheint eine Art Loch oder eine Spalte zu sein. Wartet, ich seh mir das mal genauer an.« Mit wenigen Schritten hatte er die Stelle erreicht. »Ja, ich hatte Recht. Kommt her! Hier gibt es einen Eingang.« Eilig bahnten sich Justus und Bob den Weg zu ihm. »Seht ihr das? Scheint ganz schön tief in den Berg rein zu gehen. Schade, dass wir keine Taschenlampe dabei haben.« Justus zog das Feuerzeug aus der Hosentasche. »Das hier wird auch reichen. Wir bauen uns einfach Fackeln.«

Jeder suchte sich einen langen Stock und wickelte trockenes Gras und Baumrinde um die Spitze. Dann zündete Justus seine Fackel an und setzte damit die der anderen beiden in Brand. »Los, die brennen nicht besonders lange. Wir müssen uns beeilen.«

Einer nach dem anderen verschwand in dem schmalen Loch im Felsen.

»Unglaublich, das ist ja ein richtig langer Gang!«, rief Bob überrascht. »Das scheint eine ausgetrocknete Wasserader zu sein.« Seine Stimme hallte an den felsigen Wänden hundertfach wider.

Vorsichtig wagten sie sich vorwärts. Der Weg war leicht abschüssig und sie mussten aufpassen, nicht auf dem feuchten Felsboden auszurutschen. Von dem Tunnel, in dem sie sich befanden, führten immer wieder schmale Gänge ab. An den Gabelungen kratzte Bob mit einem spitzen Stein Zeichen in die Felswände. »Damit wir später wieder heraus finden«, flüsterte er.

Justus' Fackel war die erste, die ausging. Wenige Meter weiter erlosch Bobs Feuer.

»Wir sollten umkehren«, schlug Peter vor. »Meine Fackel gibt auch gleich den Geist auf.«

Doch es war schon zu spät. Plötzlich war es stockfinster im Felsenlabyrinth.

»Wartet!«, hörten sie Justus' Stimme. »Ich leuchte mit dem Feuerzeug. Ich bin mir nicht ganz sicher, aber ich glaube, da hinten schimmert etwas.«

»Gut, aber nur noch bis dorthin«, antwortete Peter.

Ein kühler Luftzug strömte ihnen entgegen und blies immer wieder die Flamme aus. Beim vierten Anzünden versagte das Feuerzeug.

Doch Justus hatte sich nicht getäuscht. Nur wenige Meter vor ihnen sah man winzige, helle Punkte in der Dunkelheit.

»Was ist das, Just? Etwa Ratten?«

»Nein, Bob. Die Punkte bewegen sich nicht. Das muss etwas anderes sein.«

»Ich glaube, ich will gar nicht wissen, was es ist«, flüsterte Peter. Aber Justus war nicht aufzuhalten. Schließlich versuchte er mit ausgestreckter Hand, einen der Punkte zu berühren. Ein seltsames Brummen erfüllte augenblicklich den Raum.

»Just! Pass auf, dass es nicht beißt!«

»Nein, das ist kein Tier. Es fühlt sich hart an. Ja, und dahinter ist Metall oder Plastik. Wartet,

hier ist noch ein anderer leuchtender Punkt. Jetzt hab ich's! Es ist ein Schalter.«

Plötzlich flackerten viele Neonröhren auf und die drei ??? sahen sich erschrocken um. Sie befanden sich in einem großen, runden Gewölbe. Die Wände waren vom Wasser ausgewaschen und glatt wie Marmor. Justus stand direkt vor einem breiten Tisch, auf dem sehr viele Computer übereinander gestellt waren.

»Das waren also die seltsamen Punkte«, atmete er erleichtert auf. »Es sind die kleinen Lämpchen an den Rechnern. Seht mal, die vielen CD-Rohlinge in den Kartons! Und dort stapeln sich Computerspiele: Formel 1, Gunfighter und das ganze Zeug. Hier kommen sie also her. Jetzt wird mir alles klar. Die geschmuggelten Spiele sind nicht geklaut, sondern illegal gebrannt. Das hier ist eine Kopierwerkstatt. Geniales Versteck.«

Bob deutete auf einen anderen Tisch. »Und dort wird die Ware verpackt. Da ist auch die schwarze Folie. Ich frage mich nur, wie die Typen die Pakete von hier aus unauffällig ins Meer bekommen.« Justus ging etwas weiter und entdeckte einen zweiten Raum. »Auch das kann ich dir sagen. Kommt mal her!« Neugierig folgten ihm die beiden. »Seht ihr, direkt hier unten fließt ein Bach mitten durch den Felsen. Das muss der Rest von der Wasserader sein. Das Wasser fließt garantiert direkt ins Meer. Die Pakete werden also hier einfach reingeworfen und treiben so automatisch in den Pazifik. Dexter braucht sie dann nur noch aufzufischen. Das Ganze ist ein perfekter Plan.«

In diesem Moment hörten sie eine heisere Stimme aus dem Tunnelgang.

»Hört ihr das? Da singt doch jemand«, durchzuckte es Peter. Bob legte die Hände hinter die Ohren und verzog sein Gesicht. »Ja, und zwar ziemlich falsch. Schnell, Licht aus und dann verstecken wir uns hinter den Kartons mit den CD-Hüllen.« Widerwillig folgte Peter den beiden. »Ich weiß nicht – von euren Verstecken halte ich in letzter Zeit nicht viel.«

Riesenrutsche

Der schräge Gesang kam immer näher. Dann ging das Licht an. Die Stimme kam von einem kleinen, hageren Mann, der sich jetzt an den Schreibtisch setzte. Er trug Kopfhörer und sang dazu, ohne einen Ton zu treffen.

»Jetzt weiß ich auch, warum der Kalknase heißt«, flüsterte Justus. »Der ist ja weiß wie eine Wand. Kein Wunder, wenn er hier den ganzen Tag in der dunklen Grotte sitzen und CDs kopieren muss.« Plötzlich begann eine rote Lampe heftig zu blinken. Der Mann nahm seinen Kopfhörer ab und legt einen Schalter um. »Ja, wer ist da?«

»Kalknase, wo steckst du?«, krächzte es aus einem Lautsprecher. »Hier ist der Commander. Wir versuchen schon seit einer Ewigkeit, dich zu erreichen.«

»Oh, tut mir Leid. Ich musste mal ganz dringend in die Büsche nach oben – du verstehst?«

»Eine halbe Stunde lang?«

»Aber ja. Iss du mal wochenlang nur Dosenbohnen und altes Weißbrot.«

»Ist ja gut. Damit ist jetzt auch Schluss. Wir müssen unsere Zelte abbrechen.«

»Abbrechen?«

»Ja, uns ist was dazwischengekommen. Drei verdammte Bengel. Aber davon erzähle ich dir später.« Justus, Peter und Bob zogen die Köpfe ein.

»Also, Kalknase. Hör genau zu, was ich dir jetzt sage. Pack alle fertigen CDs zusammen und ab damit in den Tunnel – so wie immer. Ich bin mit Rick und Dexter gleich bei der Insel. Wir fischen die Ware aus dem Wasser und holen dich ab. Der Container ist halb voll und steht schon auf einem Lastwagen.«

»Und wohin wollen wir abhauen?«

»Ich weiß es noch nicht. Vielleicht nach Mexiko. Dort können wir von vorn anfangen. Beeil dich!«

»Gut, aber ich will nicht wieder in so einer feuchten Höhle die CDs kopieren.«

Es war wirklich sehr feucht und kühl in dem

Raum. Bob fuhr plötzlich ein Schauer über den Rücken, es kribbelte ihm in der Nase und dann geschah das Unvermeidliche. »Hatschi!«, prustete es aus ihm heraus. Justus und Peter sahen ihn entsetzt an.

»Warst du das, Kalknase?«

»Ich? Nein, das kam von hinten.«

»Und was sitzt du noch rum? Sieh nach, was da los ist!«

»Okay, Commander. Bin gleich wieder dran.«

Die drei ??? hatten keine Möglichkeit mehr, zum Ausgang zu gelangen. Entschlossen deutete Justus auf den rauschenden Bach neben ihnen. »Das ist unsere einzige Chance. Ich zähle bis drei und dann los!« Bei drei rannten alle los und stürzten sich ins Wasser.

»Commander, es sind drei Kinder!«

»Verdammt, schon wieder die Gören. Und wo stecken sie jetzt?«

»Die haben unseren Kanal entdeckt und treiben nach draußen.«

»Mann, dann spring hinterher, du Vollidiot!«

»Ich kann nicht!«

»Wieso nicht?«

»Ich kann nicht schwimmen.«

Den Rest des Gespräches konnten die drei Detektive nicht mehr hören, denn das Wasser trieb sie in eine dunkle Röhre. Es war gerade mal einen halben Meter tief, so dass ihre Füße und Hände die glatten Felswände berührten. Um sie herum gurgelte und plätscherte es. Dann ging es leicht bergab und die kurvige Fahrt wurde schneller. Bob fand langsam Gefallen daran. »He, das ist nicht übel. Fast wie in einer Wasserrutsche!«, rief er laut. Peter fand das gar nicht lustig. »Ich bin froh, wenn ich wieder draußen bin.«

»Ach was, den Paketen ist doch auch nichts passiert.« Schließlich erblickten sie am Ende des Wassertunnels ein Licht. Sie waren nur noch wenige Meter vom Ausgang entfernt. Dann schossen sie mit Schwung in den warmen Pazifik.

»Das könnte ich glatt noch mal machen«, jubelte Bob.

Doch die Freude der drei währte nicht lange,

denn plötzlich erblickten sie ein Fischerboot direkt vor ihnen. Es war die Lucky Lady.

»Willkommen zurück«, lachte Kapitän Dexter. Die anderen beiden Schmuggler standen neben ihm an Deck.

»So, Schluss mit lustig!«, brüllte der Commander wütend. »Jetzt habe ich endgültig die Nase voll von euch!« Wütend schmiss er seine Zigarre ins Wasser. Kurz darauf lagen die drei Detektive patschnass an Bord. Der Kapitän schien sich immer noch zu amüsieren. »Das nenn ich mal einen schönen Fang. Den lege ich am besten auf Eis und heute Abend mache ich Fischsuppe draus. Na, was haltet ihr davon?«

»Dexter, für deine Späße haben wir jetzt keine Zeit. Wir nehmen Kurs auf den Bootssteg. Ich sage Kalknase Bescheid und du, Rick, lässt die Gören nicht aus den Augen!«

»Ay, ay, Commander.« Dann zog der Anführer der Bande sein Handy aus der Tasche. »Kalknase, hörst du mich? Wir müssen unseren Plan ändern.

Lass alles stehen und liegen und komm zum Steg. ... Ja, wir müssen sofort mit dem Laster und dem Container über die Grenze verschwinden. Bis gleich.«

Plötzlich stand Justus auf und ging auf den Commander zu. »Dafür ist es zu spät, Mister.«

»Was willst du denn noch, Dickmops?« Justus reagierte nicht auf die Beleidigung. »Wir haben Sie heute Mittag auf dem Containergelände beobachtet. Sie wissen doch, Cargo Enterprises.«

»Na und? Ist doch eh alles aufgeflogen.«

»Ja, aber wir haben natürlich sofort die Polizei verständigt. Die weiß alles und hat eine vollständige Beschreibung von Ihnen. Sie müssen wissen, ich verfüge über ein hervorragendes Gedächtnis.«

Peter und Bob sahen ihn mit großen Augen an. Etwas nervös zündete der Commander eine neue Zigarre an. »Du bluffst doch, oder?«

»Probieren Sie es doch einfach aus, Mister. An den Grenzen werden Sie bereits sehnsüchtig erwartet.«

Jetzt mischte sich auch Rick ein. »Commander, was ist, wenn der Bengel doch Recht hat? Ich will nicht schon wieder in den Knast.«

»Schnauze, Rick! Ich muss nachdenken.« Minutenlang ließ der Anführer kleine Qualmwolken in den Himmel aufsteigen. »Gut, das Risiko ist zu groß. Aber ich glaube, ich habe eine viel bessere Idee.«

Erleuchtung

»Ich wette, Sie wollen mit der Lucky Lady verschwinden«, fragte Justus und sah den Commander listig an.

»Ha, das wäre zu einfach. Ihr habt der Polizei doch garantiert auch von der Lucky Lady erzählt. Nein, nein, mein Plan ist viel besser.«

»Egal, was Sie unternehmen, es wird nicht funktionieren, Mister. Es kann keinen Plan geben, der Sie jetzt noch rettet.«

Nervös kaute Rick an seinen Fingernägeln. »Nun sag doch schon, was du vorhast! Die Jungs können es doch sowieso keinem erzählen, wenn wir sie auf der Insel zurücklassen.«

Nachdenklich blies der Commander Justus Zigarrenrauch ins Gesicht. »Gut, dann sage ich euch, was wir tun werden. Ich werde gleich veranlassen, dass unser schöner Container, prall gefüllt mit teuren Computerspielen, auf ein Schiff im Hafen von Los Angeles verladen wird. So etwas geht sehr schnell heutzutage. Ich kenne einen Frachter, der noch heute Nacht in Richtung San Francisco ausläuft. Von dort aus geht's dann weiter.«

»Moment, Commander, du willst die Ware ohne uns wegschicken?«

»Wart's ab, Rick. Das Geniale kommt noch. Wir werden nämlich den Container vorher schön gemütlich einrichten – wie ein Wohnmobil. Nahrung und Wasser für drei Wochen. Schlafsäcke, Chemieklo und alles, was noch dazu gehört. Der Container hat genug Luftschlitze und ich kenne jemanden, der uns gefälschte Zollplomben besorgt. Wenn ein Container mit einer Plombe verschlossen ist, wird er bis zum Bestimmungshafen nicht mehr geöffnet. Wir reisen also Erster Klasse über alle Grenzen in die Freiheit.«

»Commander, der Plan ist wirklich genial. Bravo.«

»Danke, Rick. Und jetzt zu euch, meine lieben jungen Freunde. Ihr seht, ihr habt es nicht mit Anfängern zu tun. Dexter, wie lange noch?«

»Wir legen gleich an. Kalknase ist schon am Steg.« Einige Minuten später wurden die drei ??? aus dem Schiff geschubst und der blasse Mann stieg grinsend ins Boot. »Endlich wieder Tageslicht.«

»Freu dich nicht zu früh, Kalknase. Bald hockst du wieder im Dunkeln«, lachte Rick.

Dann legte die Lucky Lady wieder vom Bootssteg ab und die drei Detektive blieben allein zurück.

Am Horizont ging langsam die Sonne unter. Das Feuer am Strand war erloschen. Sie hatten nicht einmal mehr ein funktionierendes Feuerzeug.

»Jetzt sind wir schachmatt«, murmelte Bob.

Ihnen blieb nichts anderes übrig, als wieder in den Leuchtturm zu gehen. Noch immer lagen die Wolldecken ausgebreitet auf dem Boden und die Seemöwe hockte an derselben Stelle. Peter versuchte noch einige Male, mit dem Funkgerät nach Hilfe zu rufen – enttäuscht gab er es schließlich auf. »Das war's, wir können nur noch abwarten.«

Wieder brach die Dunkelheit über Magic Island herein. Justus, Peter und Bob setzten sich auf die Decken und blickten in den funkelnden Sternenhimmel. Gleichmäßig glitt der Strahl des Leuchtturms über das Meer. Sie waren viel zu erschöpft, um miteinander zu reden. Schließlich schlief einer nach dem anderen ein.

Justus wälzte sich unruhig auf dem harten Boden hin und her. Immer wieder wachte er von den störenden Geräuschen der Apparatur neben ihnen auf. Doch plötzlich durchzuckte ihn ein Geistesblitz. »He, schnell! Wacht auf!«

»Just, was ist los? Kommen die Schmuggler zurück?«, murmelte Bob verschlafen.

»Nein, ich habe eine Idee, wie wir uns bemerkbar machen können.«

»Ohne Funkgerät?«

»Ja, wie vor tausend Jahren. Mit Licht!« Jetzt begriffen seine beiden Freunde, an was Justus dachte.

»Na klar! Wieso sind wir nicht früher darauf gekommen?«, lachte Peter. »Und dabei liegen wir direkt daneben. Wir haben die dickste Taschenlampe der Welt. Den Leuchtturm!«

Dann dachten sie fieberhaft darüber nach, wie sie mit dem Lichtstrahl auf sich aufmerksam machen könnten.

»Was ist, wenn wir einfach die Birne kaputtschlagen«, schlug Bob vor. »Dann wird jemand kommen und sie reparieren.« Justus schüttelte den Kopf. »Nicht schlecht gedacht. Aber du vergisst, dass Dexter für den Turm zuständig ist. Und der hat im Moment ganz andere Sorgen. Nein, wir müssen den Leuchtturm irgendwie zur Signallampe umbauen. Als erstes darf sich der Strahl nicht immer im Kreis drehen. Er muss auf eine bestimmte Stelle leuchten. Am besten direkt in Richtung Hafen.« Peter stand auf und untersuchte die Apparatur. »Also, in der Mitte ist eine feste Birne eingebaut. Außen herum dreht sich dann eine Art Blende mit vielen Spiegeln. Diese drehbaren Spiegel lenken den Strahl im Kreis herum. Das müssen wir zunächst abschalten.«

»Hast du denn schon eine Idee?«, fragte Bob.

»Ja, ich brauche einen Stock oder was Ähnliches. Den schieben wir dann im richtigen Moment in die Mechanik.« Justus brachte einen Besen.

»Ja, damit dürfte es funktionieren. Also, der Hafen liegt ungefähr in dieser Richtung. Wenn der Strahl dorthin leuchtet, stecke ich den Stiel zwischen diese Zahnräder hier. Achtung, gebt mir ein Zeichen!« Gebannt beobachteten die drei den Leuchtturmstrahl.

»Jetzt!«, schrien Justus und Bob gleichzeitig. Ihr Plan ging auf. Knirschend kam die Apparatur zur Ruhe.

»Perfekt, genau in Richtung Hafen«, strahlte Peter. »Ich hoffe, jemand bemerkt es dort. Aber wir können noch mehr tun.«

»Was hast du vor, Peter?«, überlegte Bob.

»Wir können mit dem Strahl SOS morsen. Wir brauchen nur etwas, mit dem man die Birne kurz abdecken kann.«

»Ganz einfach«, lachte Justus. »Wir nehmen eine Wolldecke. Das ist, als würden wir Rauchzeichen geben.«

»Gut. Du und Bob, ihr hebt die Decke an einer Seite, ich an der anderen. SOS wird so gemorst: Dreimal kurz, dreimal lang und wieder dreimal kurz. Achtung, ich gebe die Zeichen. Und hoch! Und runter! Und hoch! Und runter ...«

Minutenlang sendeten sie auf diese Weise die Notrufsignale über das Meer. Dann mussten sie eine Pause einlegen.

»Das geht vielleicht in die Arme«, stöhnte Bob. »Schlimmer als Sportunterricht. Gut, jetzt geht's weiter.«

Sie verbrachten über eine Stunde damit und hielten in den Pausen Ausschau, ob sich ein Schiff näherte. Als sie nach einer weiteren Stunde fast aufgeben wollten, entdeckte Peter plötzlich ein Licht am dunklen Horizont. »Da! Seht ihr das? Es könnte ein Schiff sein. Ja, ich bin mir ganz sicher. Man erkennt die beiden Positionslichter. Links grün, rechts rot. Das heißt, es kommt direkt auf uns zu!«

Kurz darauf hatten sie Gewissheit. Aus der Ferne erwiderte das Schiff die Lichtsignale mit einem lauten Tuten der Schiffshörner.

Feuertaufe

Jubelnd klatschten die drei ??? in die Hände. »Schnell, runter zum Steg!«, rief Justus und rannte zur Treppe. Zehn Minuten später legte ein riesiges Boot der Küstenwache an.

»Willkommen an Bord«, begrüßte sie ein Mann in Uniform. »Mein Name ist Mitch Lambert. Ich bin Kapitän der Lord Of Sea. Ich hoffe, das hier ist kein Dummejungenstreich.«

Doch als ihm die drei Detektive von den Ereignissen berichteten, reagierte der Kapitän sofort. »Das ist ja eine unglaubliche Geschichte. Wir müssen das Containerschiff stoppen. Ich werde mich mit dem Hafenamt von Los Angeles in Verbindung setzen.« Kurz darauf kam er mit einem Zettel zurück. »Also, der Frachter heißt Patavia und hat vor einer Stunde den Hafen verlassen. Er nimmt Kurs auf San Francisco in nördlicher Richtung.«

Bob ballte die Faust. »Dann kommt er ja direkt auf uns zu.«

»Richtig. Wir werden ihnen entgegen fahren und das Schiff auf See stoppen. Wollt ihr mit auf die Brücke kommen?« Die drei nickten aufgeregt. »Gut, mein erster Offizier wird euch Tee und etwas zu essen bringen.«

Auf der Brücke erklärte Kapitän Lambert ihnen die hochmoderne Technik. »Hier gibt es alles, was zurzeit möglich ist. Radar, Echolot, Nachtsichtgeräte und natürlich Satellitennavigation. Damit kann kaum etwas schief gehen.«

»Und was ist, wenn das alles ausfällt?«, wollte Peter wissen.

»Gute Frage. Dann müssen wir es wieder machen wie vor hundert Jahren: Seekarten lesen und uns nach den Sternen richten. Selbstverständlich lernt ein Kapitän auch heute noch so etwas.«

Endlich kam der Frachter in Sicht. »Ich denke, das muss die Patavia sein«, vermutete der Kapitän. »Momentan ist nämlich kein anderes Schiff auf dieser Route unterwegs.« Anschließend nahm er das Funkgerät in die Hand. »Lord Of Sea an

Patavia. Bitte melden Sie sich! Hier spricht Kapitän Lambert von der Küstenwache.« Durch einen kleinen Lautsprecher konnten sie die Antwort mithören.

»Hier ist die Patavia. Lord Of Sea, ist irgendetwas nicht in Ordnung?«

»Bitte stoppen Sie die Maschinen und halten Kurs in nördliche Richtung. Wir kommen Backbord längsseits und werden an Bord gehen. Ende.«

Immer dichter liefen die beiden Schiffe aufeinander zu. Im Vergleich zu dem riesigen Containerfrachter erschien das Schiff der Küstenwache winzig.

»Es gibt Frachter, die können mehr als fünftausend Container über die Weltmeere befördern«, erklärte Kapitän Lambert. Vorsichtig näherten sie sich dem Koloss. »So ein Manöver kann man nur bei ruhiger See durchführen. Bei starkem Wellengang wäre es zu gefährlich.« Der zweite Offizier übernahm das Ruder und Kapitän Lambert ging mit den drei ??? von der Brücke. An der Seite des

Frachters öffnete sich eine Luke, aus der eine schmale Leiter ausgeklappt wurde. »So, passt auf, wenn ihr an Bord geht. Schon so mancher Seemann ist dabei ins Wasser gefallen.«

Vorsichtig betrat einer nach dem anderen die wackelige Treppe und verschwand in der Luke. Von dort aus wurden die drei Detektive und der Kapitän auf die Brücke des Containerschiffs gebracht.

»Unglaublich!«, flüsterte Peter. »Hier gibt es ja

nur noch Computermonitore. Sieht aus wie bei der NASA im Kontrollzentrum.«

Der Kapitän der Patavia war nicht besonders erfreut über seinen unplanmäßigen Stopp auf hoher See. »Nun erklären Sie mir bitte, was das zu bedeuten hat!« Kapitän Lambert brauchte eine Weile, um ihm sein Anliegen zu erläutern.

»Und Sie meinen wirklich, in einem der Container hält sich eine ganze Schmugglerbande versteckt?«

»Das ist sogar sicher«, mischte sich Justus ein.

»Und was soll ich jetzt tun? Ich kann doch nicht alle Container öffnen lassen. Die sind außerdem verplombt. Ich müsste mir Genehmigungen einholen – das dauert Tage.«

Kapitän Lambert blickte aus dem Fenster über das riesige Schiff. »Tja, ich habe es befürchtet. Das ist wie mit der Nadel im Heuhaufen. Hier stehen tausende Container.«

»3844 Stück, um genau zu sein«, ergänzte der Kapitän der Patavia. »Ich denke, so kommen wir nicht weiter. Ich muss meine Termine einhalten.«

Justus sah sich nervös um. Plötzlich fiel sein Blick auf einen Feuerlöscher. »Natürlich, das ist es«, strahlte er. »Kapitän, es werden doch regelmäßig Rettungsübungen an Bord durchgeführt, oder?«

»Ja, einmal im Monat gibt es einen Probealarm. Alle müssen dann mit Schwimmwesten an Deck. Aber dafür haben wir nun wirklich keine Zeit.«

Nur Kapitän Lambert ahnte, an was Justus dachte. »Ich glaube, ich weiß, worauf du hinaus willst. Wenn die Sirenen losgehen würden, dann wüssten einige hier an Bord nicht, dass es sich nur um eine Übung handelt. Ich denke da an vier Gauner in einem verplombten Container. Die werden so viel Angst haben, mit dem Schiff unterzugehen, dass sie garantiert freiwillig herauskommen.«

Nun begriff auch der Kapitän der Patavia Justus' Plan. »Gar nicht so dumm, das Bürschchen. Ja, so machen wir das. Achtung, Kapitän an alle! Wir führen eine Seenotrettung durch. Ich wiederhole: Probealarm!« Sekunden später dröhnten die Sirenen durch das Schiff.

»Wenn ich nicht genau wüsste, dass es nur eine Probe ist, dann würde ich auch Angst bekommen«, sagte Peter.

Jetzt standen alle vor dem großen Fenster auf der Brücke und beobachteten gespannt die Container.

Bob entdeckte es zuerst. »Da! Dort hinten der Container in der obersten Reihe. Da öffnet sich die Tür. Jetzt haben wir sie!«

Von nun an ging alles sehr schnell. Die Verbrecher wurden auf die Lord of Sea gebracht und dort unter Deck eingesperrt. Keiner der Schmuggler würdigte die drei ??? auch nur eines Blickes. Nur Kalknase drehte sich ein letztes Mal um.

»Jetzt habt ihr's also doch noch geschafft, ihr Rotzbengel.«

Anschließend reichte Kapitän Lambert den drei Detektiven anerkennend die Hand. »Respekt, das habt ihr nicht schlecht gemacht. Wenn ihr wollt, könnt ihr mal wieder an Bord kommen und die raue Seefahrt kennen lernen.« Doch die drei ??? schüttelten gleichzeitig ihre Köpfe. »Danke, Kapitän Lambert«, grinste Justus. »Aber von der Seefahrt haben wir die Nase erst mal gestrichen voll.« Alle lachten so laut, dass eine schlafende Möwe auf dem Deck erwachte und laut schimpfend davon flog.

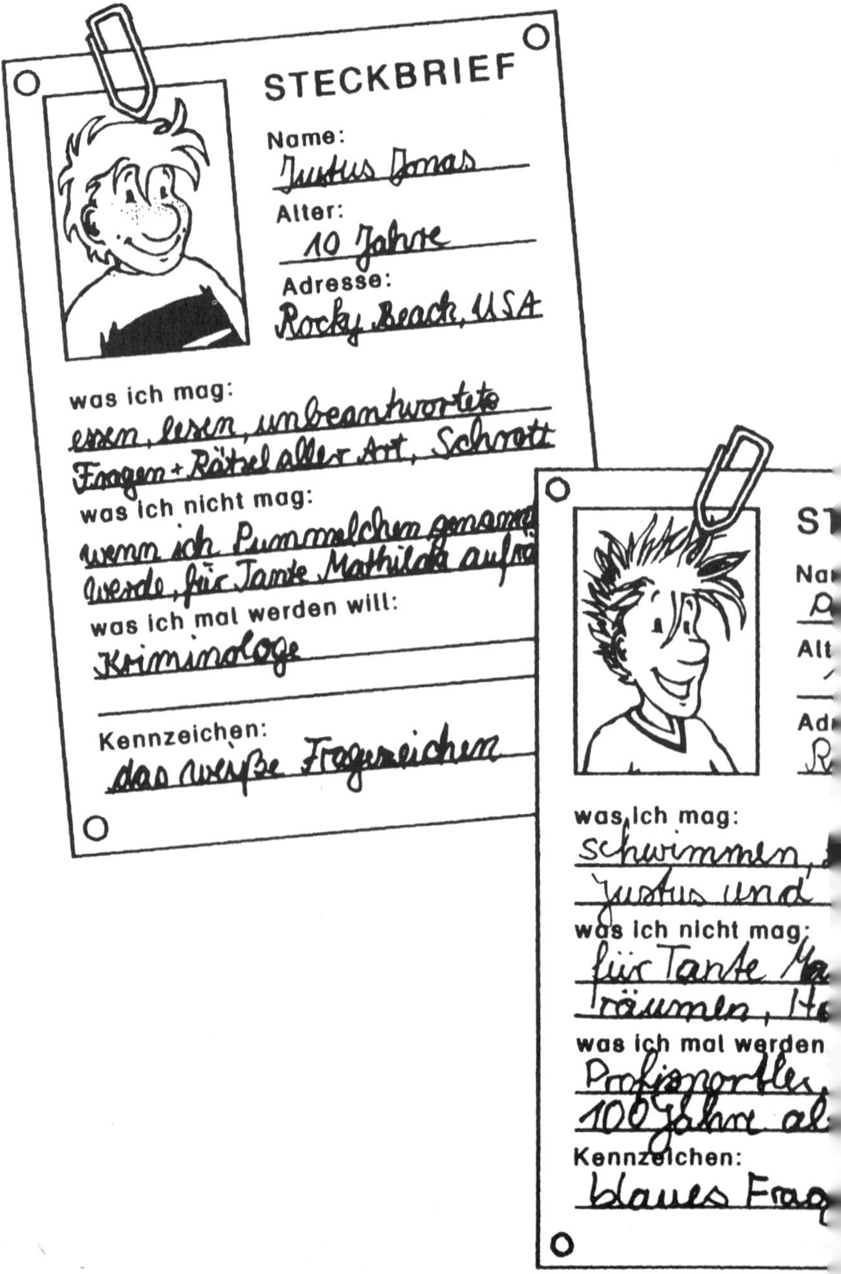

STECKBRIEF
Name:
Justus Jonas
Alter:
10 Jahre
Adresse:
Rocky Beach, USA
was ich mag:
unbeantwortete
essen, lesen, Schrott
Fragen + Rätsel aller Art,
was ich nicht mag:
wenn ich Pummelchen genann
werde, für Tante Mathilda aufrä
was ich mal werden will:
Kriminologe
Kennzeichen:
das weiße Fragezeichen
ST
Na
Alt
Adr
was ich mag:
schwimmen,
Justus und
was ich nicht mag:
für Tante Ma
räumen, Ho
was ich mal werden
Profisportler,
100 Jahre al
Kennzeichen:
blaues Frag